La magia del dinero y el éxito

Adriana Magali

La magia del dinero y el éxito

Licencia editorial para Bookspan por
cortesía de Ediciones Robinbook, S.L., Barcelona

Bookspan
501 Franklin Avenue
Garden City, N.Y. 11530

© 2004, Ediciones Robinbook, s. l., Barcelona.
Diseño cubierta: Regina Richling.
Fotografía de cubierta: Regina Richling.
Diseño interior: Cifra, s. l.
ISBN-13: 978-84-7927-691-1

Impreso en U.S.A. *Printed in U.S.A.*

Introducción

Conseguir, tener y disponer de dinero... ¿Es posible lograrlo por medios legales, aunque sean poco convencionales? Desde luego, podremos conseguirlo siempre que esté en nuestro destino y siempre que trabajemos mágicamente para ello. Obtener bienes materiales es, a todas luces, uno de los objetivos de la sociedad de consumo en la que vivimos. Ciertamente, no parece existir nada más importante que el dinero en nuestros días, pero todo tiene su razón de ser. Más allá de un puro concepto materialista y pragmático, lo cierto es que gracias al dinero o, si se prefiere, al «oro» (entendiendo dicha expresión como sinónimo de riqueza), podemos lograr casi todo lo que nos propongamos. Nuestra posición social, cultural y, por supuesto, económica, va a depender en buena medida de las cifras que manejemos en nuestros extractos bancarios, es decir, del «oro» conceptual que tengamos.

Obtener la riqueza o disponer de ella no son objetivos exclusivos de nuestra sociedad; es más, forman parte de la historia de la humanidad. Desde siempre la riqueza, ya sea traducida en armas, pieles, sal, oro o papel moneda ha distinguido a los seres humanos, ha otorgado poder. Es cierto que nuestra sociedad precisa más del dinero que otras, pero las cosas no han cambiado tanto con el paso del tiempo.

Antiguamente se invocaba a los dioses para lograr una buena caza. La pieza cobrada representaba el valor social del cazador y su estatus dentro de la tribu; era, así, su referente de riqueza. De igual forma se conjuraban o preparaban mágicamente las armas y aquellos enseres que se establecían como vinculados a la fuerza y al poder. A través de ceremonias de purificación, en las que se convocaba a los dioses y las entidades cósmicas y de la naturaleza, nuestros antepasados pretendían lograr ser mirados y protegidos por los ojos de las fuerzas superiores para mantener su estatus dentro de la sociedad en la que vivían.

Con el paso del tiempo, vemos que el valor del dinero fue transformado en *sal*. No se trató de un capricho. Gracias a la sal era factible conservar los alimentos, de manera que quien poseía la sal tenía la riqueza, la fuerza y el poder. Al abrigo del uso de la sal nacieron y se cobijaron numerosas creencias que vinculaban al blanco elemento natural con dioses, espíritus y genios.

La sal no sólo se convirtió en un referente de la riqueza. Este «dinero antiguo» era el lugar donde habitaban los genios protectores del hogar a los que a veces era necesario contentar quemando en su honor un poco de sal en el fuego o esparciendo unos granos por los campos. El objetivo de estas acciones y otras muchas similares en torno a la sal no era otro que el de garantizar, a través de la intervención de las fuerzas de lo desconocido y de los rituales mágicos, que la sal (el dinero) no faltaría en un hogar, en una familia, etc.

El oro es otro de los grandes referentes físicos del concepto de *riqueza*. Nuevamente encontramos, alrededor de esta forma de moneda, cientos de rituales, oraciones, invocaciones y ceremonias o leyendas que nos hablan de los poderes mágicos de dicho metal precioso. Así, vemos a los dragones que guardan tesoros de oro en el interior de grutas a las que sólo aquel que tiene el corazón puro y conoce el lenguaje secreto de las bestias puede llegar. Por otra parte, la mitología y las leyendas nos hablan de enanos escondidos en los bosques y de ninfas ocultas bajo las aguas, que tienen la capacidad de fabricar oro, una riqueza que sólo entregarán a los humanos que realmente se lo merezcan o que previamente hayan pactado con ellos mediante un ceremonial mágico.

El oro, como símbolo de transmutación y perfección, aparece también en las ciencias alquímicas, donde el iniciado busca transmutar el plomo en oro. Es una clara alegoría de la necesidad de purificar lo bruto, lo sucio y sin valor, para así poder alcanzar los altos beneficios que nos ofrece la riqueza, ya sea espiritual o material.

Como vemos, a través del tiempo la importancia del dinero, entendido éste como cualquiera de las manifestaciones de la riqueza, ha sido verdaderamente relevante. Podemos encontrar rituales y ofrendas consistentes en lanzar, tirar o incluso quemar dinero o algo que lo represente, en clara alusión a las fuerzas de lo desconocido, para que, agradeciéndonos nuestra acción, nos devuelvan centuplicado aquello que hemos perdido o también solicitado. Recordemos, por citar algunos ejemplos, la tradición mágica de lanzar una moneda a un pozo al que le pediremos un deseo; o incluso aquel otro ritual medieval que consistía en atar siete monedas de oro a una cuerda que, tras invocar a los espíritus protectores del hogar, era colgada junto a la puerta de entrada de la casa para que en la vivienda no faltasen jamás los bienes.

Ahora bien, llegados a este punto cabe preguntarse: ¿es tan fácil como parece lograr la riqueza con fines mágicos? Lamentablemente no, y para comprenderlo debemos abordar forzosamente conceptos altamente mágicos como son el merecimiento, el don del destino, la capacidad de petición y la fuerza de la intención. Los aspectos mencionados son la auténtica esencia de la fuerza mágica relacionada con el dinero. Como veremos, a veces no basta con realizar una petición en un complejo ritual. Es preciso saber pedir, determinar cómo y de qué manera tenemos que solicitar y, para hacerlo, debemos ser muy humildes y clarificar si estamos o no en condiciones de exigir. Dicho de otro modo, una de las leyes mágicas nos recuerda que «sólo recibe aquel que antes ha entregado y, de igual manera, aquel que merece obtener». De nada servirá un ceremonial, una acción mágica o la preparación de un amuleto o talismán, si antes de crearlo no hemos sido capaces de determinar si nos merecemos lo que vamos a pedirle a las fuerzas mágicas y si después sabremos agradecerlo adecuadamente.

Este libro pretende ser una guía mágica, una herramienta que le sirva al lector para obtener el ansiado oro, el dinero y los bienes, pero no podemos circunscribirnos exclusivamente a estos parámetros, ya que la riqueza no siempre es material. Hay muchas cosas que no podemos comprar. No podemos comprar tener amigos, ni un tiempo de felicidad en compañía de nuestra pareja. No podemos adquirir un destello de sabiduría sin una reflexión oportuna ni, mucho menos, alcanzar la iluminación a golpe de tarjeta de crédito. No estamos en condiciones de comprar ni nuestro espíritu ni la esencia energética de los demás. En cambio, sí que podremos lograr la riqueza espiritual, psíquica o vibracional a través de ciertas actitudes y acciones mágicas sin que ello suponga pasar por el dinero o el oro. Éstos son los dos objetivos de este libro: descubrir e intentar obtener las dos fuentes de riqueza necesarias para el ser humano, de una parte el «Oro Material» y de otra el «Oro Espiritual».

A través de los diferentes capítulos de esta obra conoceremos técnicas, metodologías y acciones mágicas que pueden cambiar nuestra vida, tanto en la dirección material como en la espiritual. Veremos qué podemos hacer para cobrar las deudas que parecen eternizarse sin motivo aparente; qué remedios poner en práctica para lograr efectuar compras o utilizar nuestro dinero, más allá de la pura inversión financiera, sin correr riesgos innecesarios; descubriremos de qué forma podemos lograr potenciar las inversiones o cómo podemos garantizarnos un trabajo (que en definitiva nos dará dinero) o encontrar el sistema para lograr aquella cantidad que realmente merecemos.

Paralelamente a todos los puntos ya mencionados, nos acercaremos a otras metodologías, también esotéricas, que nos ayudarán a obtener la riqueza de lo espiritual. Veremos técnicas que nos permitirán obtener intuición, indispensable para saber cómo ganar más dinero o dónde invertirlo; sistemas que nos ayudarán a sentirnos mejor como seres humanos y que nos ayudarán a potenciar la riqueza del interior a través de la solidaridad, el apoyo y la ayuda a quien lo necesita y merece. Si hacemos todo ello, veremos que estaremos en condiciones de merecer y de recibir cuanto pidamos.

A modo de advertencia final, es importante que el lector tenga claro un concepto: el dinero no nace bajo las piedras, pero puede estar oculto entre ellas. Si algún lector cree que su vida cambiará con sólo poner en marcha un ritual, ya puede ir cambiando de opinión; todo cuesta un esfuerzo y, a veces, también un «dinero».

El dinero, en efecto, no está debajo de las piedras, porque no basta la simple acción de levantar un guijarro para encontrarlo. En cambio, la paradoja nos asegura que puede estar oculto entre ellas, esto quiere decir que debemos aprender a observar lo que nos rodea con atención y ceremonia, ya que sólo así estaremos en condiciones de encontrar aquella «piedra» que puede guardar el tesoro. Ello implica que, antes de poner en práctica un ritual, debemos tener muy claros nuestros objetivos. Las ideas deben ser aquello que conforma la energía motora de nuestros deseos; sólo si estamos en condiciones de canalizarlos adecuadamente podremos hallar un buen resultado encontrando la piedra correcta.

Una segunda fase en la búsqueda de tesoros, tanto materiales como espirituales, consistirá en que, tras levantar la piedra que puede albergarlos, sepamos observar el terreno y no desistir en la búsqueda a la primera de cambio. Volviendo a ejemplos anteriores, hay personas que creen que basta con prender dos velas un martes a las ocho de la tarde y dejar que el destino o las entidades mágicas se ocupen del resto. Craso error. Una cosa es levantar la piedra y mirar bajo ella, otra bien distinta es tener la paciencia de buscar, observar y determinar dónde está el tesoro. Desde un punto de vista mágico, cuando comenzamos el ritual debemos estar dispuestos a que tenga un tiempo de duración... Quizá se trata de días, o tal vez de semanas.

El destino es caprichoso. A veces, algo que pedimos hoy acontece al cabo de años. Eso sí, no podemos olvidar que hubo un día en que lo pedimos, de modo que ahora no podemos quejarnos ni negarnos a recibir. Durante ese tiempo debemos estar pendientes, generando energía positiva, permaneciendo junto a nuestros deseos e intenciones, ya que, de lo contrario, si al tercer día de trabajo desfallecemos o perdemos la fe, lo único que conseguiremos será embrutecer la energía puesta en la ceremonia.

Decíamos con anterioridad que todo cuesta un esfuerzo y tal vez también un «dinero»; en la magia ocurre lo mismo. El lector debería hacer una reflexión: ¿estaría dispuesto a comprar cualquier colchón, de cualquier calidad, para tener que dormir sobre él durante un tercio de su vida o, por el contrario, intentará gastar un poco más de dinero buscando una calidad mejor? Cada persona seguirá un criterio, pero lo normal es que, para según qué cosas, no busquemos las ofertas ni las «chapuzas» sino algo que resista el paso del tiempo y que nos ofrezca una adecuada satisfacción. En el caso de la magia deberíamos aplicar los mismos criterios. Cuando trabajamos en la magia del oro debemos estar dispuestos a gastar e invertir. No se trata de tirar la casa por la ventana, pero sí de ser capaces de invertir en productos de calidad. Una buena vela con el máximo de cera en lugar de una vela enclenque de la pila de las ofertas, que sabemos que es todo parafina; un buen aceite esencial o incienso en lugar de los aceites aguados que se venden en el mercado, etc. Éstas serán muestras de calidad.

Por último, dentro de esta advertencia final al lector, la tercera fase tiene que ver con el concepto del agradecimiento. Lo peor que podemos hacer es pedir, recoger y marcharnos sin más. Es imprescindible que sepamos agradecer. La vida es muy larga y los episodios que nos tocará vivir son tantos que debemos estar preparados para ellos. La cosa no acaba en decir «he hecho un ritual, lo he seguido, he obtenido el resultado y ya está». Debemos invertir o gastar un tiempo en agradecerles a las entidades la colaboración que nos han prestado, debemos recibir pero también ser generosos y gastar un poco de aquello que hemos obtenido en bienes o acciones solidarias que no sean para nosotros. Es una norma de la *magia del oro y del dinero* saber ser generosos... Aquel que sólo pide y jamás entrega, difícilmente está en condiciones de recibir.

¿Qué es la magia del oro?

«*El dinero no da la felicidad, pero procura una
sensación tan parecida, que se necesita un especialista
muy avanzado para verificar la diferencia.*»
WOODY ALLEN

Nunca ha existido, al menos desde un prisma oficial, una disciplina mágica, un sistema de pensamiento o actuación que haya recibido directamente el nombre de «magia del oro». Pese a la carencia de dicho concepto, numerosas sectas y órdenes secretas han buscado y desarrollado técnicas y rituales para acercarse al oro, tanto desde el punto de vista metafísico o espiritual, como también desde el puramente material. De esta forma podríamos decir genéricamente que la magia del oro, en realidad, no es sino el conjunto de aquellas formas ocultas o esotéricas que nos acercan al poder, que nos permiten alcanzar un estatus económico y personal más elevado.

El oro, metal de los dioses

Para comprender correctamente los preceptos que nos marcan las tradiciones de la magia del oro, debemos entender primero qué se esconde tras este metal noble y por qué se ha vinculado siempre con la perfección. De hecho, efectuando un somero análisis del precioso metal, veremos que está rodeado de todo un halo de misterio, cuando no de sugestivos poderes mágicos y místicos.

Desde un punto de vista simbólico, decimos que el oro es la perfección, el símbolo de la divinidad y de lo elevado. ¿Qué motiva dichas atribuciones? Efectuando un recorrido por algunas de las culturas de mayor tradición esotérica del mundo, vemos rápidamente que el oro está considerado como la «carne de los dioses», como su manifestación más directa. De esta forma, los sacerdotes y magos (portadores de piezas de oro, como anillos, varas, pectorales e incluso casquetes) son en realidad formas manifestadas de un dios superior, ya que parte de la «carne» divina está a la vista en el cuerpo del sacerdote.

Una muestra de la fuerza del oro, desde el punto de vista mágico y religioso, la vemos en los sacerdotes celtas conocidos como *druidas*. Su signo distintivo era una figura denominada *trisquel*, que estaba hecho con oro. Sólo un druida que hubiera sido iniciado como tal era digno de portar en el pecho este elemento de oro. Curiosamente, el trisquel era una pieza que estaba formada por tres aspas o radios curvos que surgían de un punto central y que, en su extremo, se unían a un círculo que delimitaba a las tres. Estas tres aspas, también de oro, eran una manifestación de los tres estadios del ser: cuerpo, mente y espíritu. Tres estadios encerrados en un círculo de oro que simbolizaba lo hermético, al tiempo que marcaba el límite entre lo sagrado y lo profano.

Otra muestra de la importancia divina otorgada al oro la vemos entre los aztecas, para quienes el oro estaba vinculado a la piel de la diosa tierra. Concretamente pensaban que la tierra, antes de que reverdeciera a causa de la llegada de la estación de las lluvias, se cubría de un manto de oro. Este oro, que se encontraba de forma casual, no era más que los restos de piel del planeta. Recordemos que consideraban que la tierra era un ser vivo, además de una diosa creadora. De esta forma, para los aztecas, quien encontraba el oro era portador de un regalo que le había hecho su madre la diosa tierra y debía ser respetado por ello.

Al margen de lo mencionado, también es significativa la creencia de que el dios denominado Xipe Totec, que estaba considerado como dios de la lluvia primaveral, fuera también el dios de los orfebres. El motivo es que con su intervención en forma de agua era capaz de modelar a la tierra y, a la vez, arrancarle su «piel de oro». Cabe destacar que los mayas practicaban un sangriento ritual en honor al dios que facilitaba la obtención del oro. La ceremonia consistía en ofrecerle a Xipe Totec víctimas propiciatorias que eran despellejadas en ceremonia ritual. Los sacerdotes, luego de arrancar las pieles de los sacrificados, las pintaban de amarillo y se vestían con ellas para así honrar a su dios del oro, aquel que les daba la fuerza y el poder.

Los valores simbólicos del oro, aquellos que lo vinculan con la presencia de la divinidad, están presentes también en otra civilización precolombina, concretamente entre los incas. En la cultura inca existía la costumbre de situar en la boca de sus difuntos unos ojos de oro, seguramente también para que los dioses los reconocieran como parte de ellos cuando los espíritus de los fallecidos llegasen al Más Allá.

Siguiendo con el recorrido por la importancia mística del oro llegamos a África, continente en el que podemos observar que el oro estaba considerado como un metal especial mucho antes de que se tomase como valor monetario. En la zona occidental de África se decía que el oro estaba dotado de poderes mágicos puesto que, como afirma un antiguo relato presuntamente dogón:

«[El oro] está vivo y puede transformarse en un minúsculo grano como el de la arena, que acabe por clavarse en tus ojos si son demasiado codiciosos por no saber en qué dirección deben mirar; o bien postrarse en tu mano llevado por el viento y tornarse en un regalo de los dioses. Puede ser un fino hilo que rodee tu aldea para protegerla, pero también para estrangular a sus habitantes.

»El oro puede ser brillante como la luz de la hoguera en la distancia que guía tus pasos al caer la noche o cegador como un rayo de sol, tanto que te impida ver el abismo cuando estás a punto de dar el siguiente paso.»

No dejan de ser curiosas las afirmaciones anteriores, especialmente si le damos al oro un valor económico y lo vinculamos con algo tan humano como la codicia. Decíamos que el texto pertenece a un relato dogón, en este caso un relato místico de los que pretenden encerrar una enseñanza para el futuro iniciado. Para los dogones, al igual que sucede con los bambara, el oro representaba el bien supremo entregado por los dioses a los hombres como parte de su espíritu. El motivo es que se consideraba que el oro era el simbolismo del fuego purificador del Sol que permitía alcanzar la iluminación.

Esta vinculación entre el oro y el fuego solar la encontramos también lejos de África, en tierras del viejo continente europeo. Así vemos que para la cultura griega clásica, el oro era el mejor elemento con que representar al Sol. De esta forma el oro era la manifestación física de los poderes del astro rey: la fuerza, la valentía, la riqueza, la fecundidad, el conocimiento y, por ende, la luz. Cabe destacar que los sacerdotes griegos recurrían en determinadas ceremonias, en las que era necesaria la inmolación de animales, a los cuchillos de oro para degollar a sus víctimas.

Oro espiritual: la riqueza de lo místico

Más allá del puro simbolismo divino del oro, hay un concepto que no podemos pasar por alto y es que el metal más noble de todos ha estado relacionado no sólo con los dioses o la magia, sino también con el misticismo y la perfección. Una cosa es que la carne de los dioses sea de oro, como sucedía por ejemplo entre los faraones de Egipto, y otra bien distinta es poder alcanzar el poder de los dioses vistiéndonos con su «carne», es decir, ataviándonos con placas o pectorales de oro. Para ello, para ser dioses y obtener el poder y la fuerza de los reinos sobrenaturales, en todas las latitudes del planeta se ha buscado la trascendencia, y ésta proviene, indefectiblemente, del plano de lo espiritual.

Como iremos viendo en otros apartados, no basta con obtener la riqueza de la moneda, del valor tangible, sino que es preciso alcanzar también el llamado «oro espiritual». Según en qué cultura nos encontremos, veremos que la búsqueda del oro espiritual y de la trascendencia varía. Pero el objetivo siempre es el mismo: romper las cadenas del espíritu para que éste pueda volar libremente y unirse con la divinidad. Casi siempre las cadenas del espíritu son materiales. Son el cuerpo humano y muchas veces los bienes que éste posee, como el dinero, las tierras, los inmuebles y, modernamente, las cuentas bancarias.

En algunas latitudes, para alcanzar la purificación necesaria para obtener el poder que supuestamente dará el oro espiritual, se practica el ayuno; en otras, la meditación y en otras, el desprendimiento de todo valor material. Todas ellas no son más que algunas de las muchas fórmulas que presuntamente nos acercarán al oro espiritual. Pero como decíamos, ¿para qué se busca este valor?, ¿qué ventajas tiene?, ¿realmente nos hace poderosos? Como veremos seguidamente, alcanzar este nivel puede tener más trascendencia de la que imaginamos a primera vista.

Los alquimistas fueron los grandes buscadores de oro, aunque su misión no siempre era tan prosaica como fabricar oro de la nada o hacerlo por medio de la transformación del plomo. El objetivo muchas veces era ir más allá: alcanzar la pureza, la perfección, la divinidad y con ella el poder.

Hay una historia alquímica oculta o quizá menos popular que la más tradicional. La vulgar nos dice que encerrados en lo alto de torres o en recónditas cuevas hubo ciertos personajes misteriosos –además de muchos embaucadores que quisieron vivir a cuerpo de rey a costa de éstos- que intentaron convertir plomo en oro gracias a las investigaciones que realizaban subvencionados por acaudalados reyes o mandatarios. No cabe duda de la existencia de dichas personas, pero lo que sí debemos plantearnos es cuáles fueron sus «otros» objetivos reales.

Es evidente que, para los alquimistas, tener el oro implicaba poder, pero alcanzar la metamorfosis personal y lograr una supuesta divinidad o poder mágico fue algo mucho más importante para algunos de ellos. Recordemos, brevemente, que su objetivo era «lograr transformar el plomo en oro mediante una serie de procesos de índole química». Hay otra interpretación para estos hechos, y para ello debemos partir de la base de que lo impuro, es decir, el plomo, es el ser humano. Dicho de otra manera, el plomo es el ser primigenio que debe alcanzar la trascendencia. Por otro lado, el oro, lo puro, aquello que se logrará tras el proceso químico, es en realidad un estado de elevación personal. Así, cuando el alquimista lograr transformar el plomo en oro, en realidad lo que está haciendo es conseguir elevar su cuerpo y su espíritu. Para ello tendrá que ser honesto, saber reconocerse, entender cuál es su naturaleza, cuáles son sus emociones y actuaciones y deberá «domesticarlas». Tendrá que enfrentarse consigo mismo para «purificar» su ser y alcanzar ser oro, es decir, ser un dios.

Los conceptos mencionados no difieren tanto como podríamos imaginar de lo que buscan muchas tradiciones y religiones. De hecho, la búsqueda interior no es sino una forma de entender la vida y de alcanzar el poder, ahí es donde reside la fuerza del llamado oro místico.

La magia del oro en nuestros días

Aunque todavía quedan resquicios del pasado, en la actualidad el valor del oro nos remite al dinero, a la riqueza monetaria y poco más. No tenemos alquimistas, al menos como se contemplaron en la Antigüedad, y las religiones paganas y las grandes creencias de otros tiempos han desaparecido, ya sea engullidas, sincretizadas o directamente eliminadas por otras doctrinas. El lector se preguntará: ¿es posible llevar a cabo en estas circunstancias la magia del oro? Las cosas, pese a que la apariencia es otra, no han cambiado tanto. Hoy es posible llevar a cabo la magia del oro, siempre y cuando tengamos claros sus dos preceptos, el puramente material y el espiritual.

Debemos pretender el oro, el dinero y la riqueza, por una parte, pero debemos también acompañar todo ello de la elevación que supone la búsqueda de una riqueza espiritual, ya que sólo equilibrando estas dos naturalezas será factible alcanzar el poder que nos puede dar el metal noble.

En nuestros días la magia del oro se ha transformado en la magia del dinero, de los bienes materiales y, aunque para determinados aspectos deberemos recurrir al oro tangible, ya sea en forma de anillos, cadenas o pulseras, él no será un elemento indispensable para nuestros procedimientos, sino un ingrediente más.

Antaño la magia del oro estaba reservada a la obtención del poder, no del dinero. Hoy el poder vendrá determinado por el dinero, por cómo efectuemos nuestras inversiones, por cómo gastemos nuestro sueldo o por qué tipo de compras llevemos a cabo. A través del dinero lograremos no sólo alcanzar un estatus social determinado sino vivir más o menos felices. Por ello, en nuestros días, la magia del oro se centrará precisamente en aspectos como los referidos, aspectos que pueden sintetizarse en uno solo: ganar más dinero o conservar el que tenemos. Por lo que al aspecto material se refiere, el objetivo será ser más «dorados» es decir, estar más equilibrados en un sentido espiritual.

Buscando la suerte

En magia, la actitud del operador es sumamente relevante. Cada uno de nosotros es algo más que un cuerpo. Somos una entidad que piensa y genera ideas y que al hacerlo emite vibraciones en su entorno. De poco nos servirá llevar a cabo un ritual si no creemos con fuerza en su efectividad o si lo hacemos a la desesperada o simplemente por probar.

Hay personas que se quejan durante todo el día de su mala suerte, dicen que las desgracias les acompañan. La suerte no va con ellos y, por extensión, el dinero tampoco. Este tipo de personas son aquellas que aseguran que no vale la pena jugar a la lotería porque, al fin y al cabo, a ellos jamás les tocará. Son quienes cuando se les plantea una inversión, antes de escuchar la información ya están pensando en cuánto dinero pueden perder si las cosas salen mal en vez de dejar una puerta abierta a la esperanza de que las cosas cambien en positivo. Paradójicamente, dichas personas, cuando son preguntadas por la suerte, sólo saben decir con un gran convencimiento, eso sí, que la suerte no es algo que vaya con ellas. No lo saben o no son conscientes de ello, pero con actitudes como esas, desde luego la suerte no irá nunca con ellos porque el campo energético que están creando a su alrededor impedirá su llegada.

Decíamos que emitimos una vibración, una casi imperceptible frecuencia que se pone en marcha con nuestros pensamientos, pero también con nuestras acciones y palabras, por eso ellas tienen que ser seguras, proyectivas y sobre todo positivas, al menos para nuestra persona. De esta forma, si tenemos la mala costumbre de no valorar las cosas o de pensar que todo lo que suceda puede ser negro u oscuro, así será, puesto que ésa es la magia que hemos invocado y proyectado aunque no lo sepamos o no seamos conscientes de ello.

La magia del oro o del dinero y la suerte van bastante ligadas entre sí, especialmente a través de la actitud del operador. Es importante que el lector tome conciencia de que la buena suerte llegará, al margen de cuando la merezca, cuando crea en ella. De igual forma, el dinero o las inversiones fructificarán cuando sea el momento, cuando el destino lo crea oportuno y siempre que lo merezcamos, pero también si las sabemos pedir.

Si nuestra actitud mágica no es la correcta estaremos perdiendo el tiempo, por ello el lector debería tomar nota de algunas actitudes que le permitirán sintonizar con la llamada buena suerte:

El poder de la ilusión

Debemos imprimirle a nuestra vida el sentido de la ilusión. No se tratará de que tengamos que verlo todo bonito y bello cuando no lo es. Tenemos que intentar no perder aquella ilusión de la infancia por todo lo nuevo, desconocido e incierto.

En lugar de preocuparnos anticipadamente por las cosas, deberíamos dejar una puerta abierta para que lo irresoluto pueda resultarnos armónico y benéfico. Debemos estar abiertos a nuevas expectativas por extrañas que puedan parecer a primera vista.

1. La ilusión favorece estados de receptividad psíquica, desarrolla el sueño creativo y lúcido.
2. Nos ayuda a tener más creatividad y a proyectar con más fuerza las intenciones e invocaciones mágicas.
3. Nos coloca en una posición de poder y privilegio frente a las adversidades de la vida y ante lo nefasto.

La fuerza de la positividad

Cada día tendríamos que generar un pensamiento positivo y celebrar todo lo bueno que nos sucede al terminar la jornada. Si emitimos un pensamiento positivo en cuanto abrimos los ojos, estamos provocando que nuestro campo de energía mágica se abra al mundo con amor. De esta forma será difícil que recibamos del exterior el desamor.

Recordemos que, muchas veces, la buena suerte y el éxito no son más que una serie de actitudes adecuadas ante la vida. Mantener una actitud positiva, incluso ante la adversidad, nos da la capacidad de eliminar de nuestra vida aquello que es negativo. Es una forma como otra cualquiera de alejar el llamado «mal de ojo», que no es sino un cúmulo de desgracias y calamidades que el preceptor de las mismas vive sin entender qué está pasando en su vida.

1. La *positividad* favorece que el valor del oro espiritual se desarrolle en nuestro ser, ya que nos hace ser más solidarios.
2. Activa los *chakras,* o centros energéticos corporales, colocándonos en una situación de privilegio para el uso de las fuerzas mágicas.

La capacidad de proyección

Quien desea buena suerte, difícilmente la tiene mala. Proyectar es pensar, hablar y hacer. De igual forma que cada día debemos lanzar un pensamiento positivo al Cosmos, también tenemos que hacer lo posible por generar un deseo de buena suerte.

Cada mañana, justo antes de salir de casa, lanzaremos al Universo que nos rodea una petición de fortuna o suerte, ya sea para nosotros o para los demás. Frases como: «Hoy tendré buena suerte», «La vida me va a sonreír» o «El mal no puede con mi vida» serán más que suficientes para crear un campo de protección y de atracción de la suerte y, cómo no, quizá también del dinero.

De la misma forma, cada día debemos controlar los pensamientos negativos y las emociones que nos resulten adversas. No se trata de reprimirlas, puesto que ello nos podría suponer un desarreglo emocional. Al contrario, deberíamos hacer lo posible por integrarlas en nuestra persona, por comprenderlas y, a partir de ahí, contrarrestarlas con proyecciones positivas.

La capacidad de proyección es un arma infalible para lograr que nuestras ideas e ilusiones o proyectos mágicos puedan cumplirse. De hecho, un acto mágico, ya sea materializado en una invocación, un hechizo o un ritual, es una proyección de lo más profundo de nuestro ser. Cuando el mago invoca y proyecta sus intenciones a sus dioses, a sus objetos de poder o al Cosmos, en realidad lo que está haciendo es generar un campo de energía en su mente. El mago, tras crear una imagen que le servirá para condensar sus intenciones, elaborará un campo de energía que después exteriorizará sacándolo del templo que es su cuerpo para hacerlo llegar al mundo y cumplir así sus objetivos.

Como decíamos, la proyección puede venir de una palabra, de un pensamiento fugaz o de una acción, por eso debemos llevar mucho cuidado con lo que decimos y hacemos. En magia, especialmente cuando estamos enfrascados en un ritual o ceremonial, la duda, el pensamiento fuera de contexto o aquel otro que nace fruto de un miedo interior, pueden tener tanta fuerza como el acto mágico en sí y dar al traste con nuestras intenciones frustrando los objetivos que nos habíamos marcado.

Obtener riqueza

Como hemos visto hay tres sencillas normas para llevar adelante la llamada capacidad de obtener buena suerte: ilusionarnos, ser positivos y tener la capacidad de proyectar. Son tres condiciones fáciles. Sin embargo, el lector tendrá que trabajar un poco más para obtener aquello que se persigue: la riqueza.

La magia del oro, en principio, no tiene límites. Nuestro objetivo es lograr la riqueza, sin por ello pretender hacernos ricos de la noche a la mañana. Eso sí: deseamos cambiar nuestra vida y vamos a intentarlo siguiendo unos preceptos que nos ayudarán a obtener la fuerza de esa riqueza espiritual y material.

En cualquier caso, y aunque indicamos que el poder de la magia del dinero o del oro no tiene límites, es momento de que el lector lleve a cabo su primer ejercicio. Se trata simplemente de efectuar un planteamiento de objetivos que le será de gran ayuda para potenciar determinadas capacidades o cualidades, pero también para corregir otras.

Como podremos observar en el capítulo siguiente, la magia del dinero o del oro, como se prefiera, tiene unas leyes que debemos saber cumplir en todo momento puesto que, de lo contrario, podemos encontrarnos con la sorpresa de que la mala suerte llame a nuestra puerta. A través del ejercicio siguiente, el lector, que deberá efectuar una serie de anotaciones con respecto a lo que persigue o pretende conseguir, podrá, antes de pasar a la acción, darse cuenta de cuáles son sus intenciones, sus valores y necesidades. Al escribirlas ya está empezando a prepararse para el camino mágico. Al pensar en ellas ya comienza a materializar una pequeña chispa de energía que posteriormente, si la sabe conducir bien, le resultará muy efectiva.

Ejercicio: ¿Qué quiero pedir?
Todos tenemos necesidades, sueños, deseos. Vamos a imaginar por un momento que estamos en condiciones de pedirlos o de llevar a cabo una serie de actos mágicos para conseguirlos. Así pues, pidamos.

1. Buscaremos una habitación en la que podamos estar tranquilos y nos sentaremos con un bloque de notas sobre el regazo.
2. Cerraremos los ojos y efectuaremos una serie de respiraciones profundas, entre tres y cinco. Dejaremos que las imágenes de los pensamientos vayan y vengan libremente.
3. Al abrir los ojos anotaremos sin pensar 10 peticiones económicas que estén en nuestra mente. No hay límite. No debemos reflexionar; nos limitaremos a apuntar sin más, de la forma más rápida que sea posible, para que ni la razón ni la lógica intervengan en este acto.

4. Si no fuéramos capaces de anotar 10 deseos, daremos por finalizada la lista cuando veamos que nos cuesta seguir adelante. En el caso contrario, al terminar la petición número diez cerraremos los ojos y efectuaremos dos o tres respiraciones profundas.
5. Nos concentraremos en la mente y en los pensamientos que vagan por ella. Observaremos si alguno de ellos nos ha resultado molesto o especialmente gratificante. Verificaremos también si alguno o todos tienen relación directa con la lista que hemos confeccionado.
6. Pasados unos minutos daremos por finalizado la práctica.

Tras el ejercicio anterior, volveremos a la realidad y releeremos uno por uno los deseos o peticiones mágicas que hemos anotado. Si la práctica está bien realizada, no nos habremos dejado llevar por la lógica, de manera que lo escrito es una parte de nosotros; en esencia, aquello que hemos escrito es lo que somos.

Una vez hayamos releído las peticiones tendremos en cuenta estos valores:

1. ¿Cuántos de estos deseos hemos tenido en otras ocasiones?
2. ¿Qué hemos hecho para convertirlos en realidad?
3. Si hemos hecho algo, ¿nos hemos esforzado realmente o sólo hemos dejado pasar el tiempo?
4. ¿Cuántos deseos son referentes a terceras personas, quizá porque nos deben dinero o porque esperamos algo de ellas?
5. ¿Cuántos deseos son para los demás, para beneficiarlos o para que les vayan bien las cosas?

6. ¿Qué porcentaje de deseos es para nosotros y cuál para los demás?
7. ¿Cuáles son mayoría? ¿Los deseos de obtener oro espiritual o los de obtener oro material?

Una vez hayamos respondido a las preguntas anteriores estaremos todavía en mejores condiciones para darnos cuenta de cómo somos y de lo que esperamos de la vida. De entrada, vaya por delante que será necesario, en el caso de los deseos que ya habíamos tenido en el pasado y por los que no hemos hecho nada, que nos preguntemos por qué no luchamos por nuestros deseos.

En el caso de que los deseos o peticiones mágicas solicitadas sean mayoritariamente para los demás, estamos en el buen camino, aunque debemos practicar un sano egoísmo y no olvidarnos de nuestra persona. En cambio, seguro que más de un lector se ha olvidado de los demás (salvo de aquellos que le deben dinero) y no ha efectuado ni un sólo deseo para otra persona que no sea él. Pues bien, vamos por mal camino, ya que la magia del dinero exige siempre que no todas las peticiones repercutan en uno mismo.

Por último, analizaremos los deseos de índole material y los de naturaleza espiritual. Puede que estos últimos hayan pasado a un segundo plano y nos hayamos «olvidado» de ellos. Pero esto representa otro error, ya que el equilibrio de las fuerzas mágicas será desigual. En el futuro, debemos hacer lo posible por no pasar por alto esos pequeños detalles.

En el momento de leer estas páginas, muchos lectores tendrán la necesidad, de proceder a una rectificación de la lista de peticiones. No es aconsejable y tampoco es momento. Al contrario, es preciso que nos responsabilicemos de lo que hemos pedido. Lo aconsejable, pues, será firmar la hoja en la que se han efectuado las peticiones e incluir en ella la fecha. Seguramente, tras la lectura del capítulo siguiente, las cosas se verán de otra manera más equilibrada, siendo entonces el momento de proceder a efectuar una nueva lista de peticiones.

Las leyes mágicas del oro

«*Antes de pedir dinero prestado a un amigo,
decide cuál de las dos cosas necesitas más,
si el dinero o el amigo.*»
ALFRED WINGS

«*Un hombre verdaderamente rico es aquel cuyos
hijos corren a sus brazos aun cuando éste tiene
las manos vacías.*»
LORENA CARLINGA

En contra de lo que podamos pensar, en magia o, mejor dicho, en las artes mágicas, no todo está permitido, aunque en este sentido muchos ocultistas no acaban de ponerse de acuerdo. De esta forma, vemos que mientras los más acérrimos defensores de la magia como poder sobrenatural nos dirán que todo es posible en magia, otros recordarán que si bien es cierto que las metas son factibles, todas, absolutamente todas, están regidas por una ley universal o cósmica.

Claissier, esoterista y ocultista, defendía que «la ley de la magia, a diferencia de la de los hombres, no está edificada sobre las creencias de ellos, sino que ha sido elaborada por el Universo en el que nos encontramos, por la divinidad». En dicho sentido, Claissier nos recuerda que «todo cuanto efectuamos, sea pensamiento o acto mágico, siempre tendrá una repercusión, no sólo o siempre en nuestro entorno, sino tal vez en otros planos, pero siempre habrá una afectación. Por ello, no digas "he hecho una magia para mí", sino más bien "he hecho una magia para mí en la que no sé quién más está participando". Sólo así te estarás responsabilizando de tu actividad mágica».

Las palabras de Claissier nos recuerdan en mucho a las máximas utilizadas por Hermes Trimegisto en su obra *El Kybalión*, un antiguo tratado místico y mágico. Recordemos que en esa obra se nos hace una serie de apreciaciones con respecto a la magia y se nos recuerda que no podemos llevar a cabo un acto mágico o ceremonial sin estar afectando las leyes del Universo. Recordemos un pasaje de *El libro de la Tabla Esmeralda*, de Trimegisto:

«En verdad, sin mentira y ciertamente:
»Lo de abajo es como lo de arriba, y lo de arriba es como lo de abajo, para obrar los milagros de una sola cosa.
»Así como todas las cosas han sido hechas, así proceden de uno, por la meditación de uno, también todas las cosas nacen de esta cosa única por adaptación.»

A través de las sencillas parábolas del texto, que nos está diciendo que todo forma parte de un orden universal, y aplicando todo ello a la llamada magia del dinero o del oro, es tanto como si nos dijera que cuando uno recibe, alguien está dando. Dicho de otro modo, cuando alguien a través de una actitud mágica está recibiendo un dinero, es que alguien, en otro lugar o tal vez en otro plano, lo está entregando.

Las reflexiones anteriores nos sirven para empezar a conocer las llamadas leyes de la magia.

Leyes mágicas del oro

1.ª Ley mágica: la magia no es individual

Podemos llevar a cabo un ritual mágico para uso teóricamente personal, pero debemos ser conscientes de que cuando la emprendamos estaremos involucrando en ella a otras personas. Por tanto, nuestro ritual, hechizo o acción derivada de la magia estará afectando a alguien. Ser conscientes de ello nos pondrá en situación de juzgar y ser más honestos con aquello que solicitamos.

No se trata de ponernos a la tremenda y pensar que cuando solicitamos un trabajo que nos dé más dinero, le estamos quitando a otra persona su ocupación. Eso sería hacer un mal arte de la magia y el precio a pagar podría ser un poco peligroso. Lo que deberíamos comprender es que quizá no recibiremos ese nuevo puesto de trabajo hasta que alguien, por el motivo que sea, no haya abandonado el suyo. Es cierto que no conocemos a dicha persona, pero recordemos que todo guarda una estrecha relación en el orden universal y las cosas suceden cuando deben acontecer, ni antes ni después, precisamente, algo que, como veremos, nos indica la Segunda Ley mágica.

* Antes de emprender una acción mágica debemos pensar: ¿a quién puedo afectar con mi actividad?
* El lector debe ser consciente en todo momento que cuando realiza un ritual está haciendo que sus energías psíquicas interactúen con el entorno.

2.ª Ley mágica: el tiempo es relativo

En ocasiones muchas personas caen en el error de realizar un acto mágico pensando que en realidad están activando un canal de televisión, y que a una palabra o invocación suya las cosas cambiarán. Después sucede que no es así y se desesperan o piensan que la magia no ha funcionado. Las más modestas prefieren creer que no han ejecutado el rito como deberían y que por eso han fracasado. De nuevo, tenemos que poner las cosas en su justa medida.

El concepto de tiempo varía si hablamos de magia o de la vida real o cotidiana. Una de las cosas que requiere la magia y especialmente la denominada del dinero es paciencia. Es evidente que las cosas no van a cambiar de la noche a la mañana, pero no es menos cierto que puede que no lo hagan nunca o al menos cuando no lo esperemos.

Que las cosas no salgan cuando las deseamos o solicitamos no quiere decir que no pueden acontecer mañana, quizá dentro de un mes o tal vez dentro de diez años. Cuando llevamos a cabo un ritual y efectuamos una petición, estamos poniendo en marcha un vehículo. Desconocemos el tiempo que tardará en ponerse en marcha y cuándo llegará a su destino final, pero llegará. Lo que ocurre es que, puede que a veces lo haga cuando nos lo merezcamos, tal vez cuando no estemos receptivos, o quizá ocurra que cuando llegue no recordemos que un día, en el pasado, hicimos una petición mágica y lanzamos un deseo.

La magia se cumple. Al menos si se ha realizado a conciencia y de forma adecuada, al final termina por cumplirse, pero debemos estar receptivos para cuando ello ocurra.

✺ Es aconsejable marcar un tiempo de consecución en los rituales. El lector deberá programar sus rituales con días de inicio y días de finalización, y, además, deberá establecer un plazo o período de tiempo para esperar resultados.

34

❊ Si pasado el plazo de tiempo marcado no han apareci-
do resultados, debemos evaluar qué ha ocurrido y tener presente que puede que no sea el momento para
recibir los dones que hemos pedido, pero también que
quizá el ritual haya estado mal ejecutado.

3.ª Ley mágica: la ceremoniosidad es un principio mágico

Para que la magia surta efecto no sólo son necesarios un conjunto de actitudes como la fuerza de la mente, el convencimiento de lo que estamos haciendo o la forma de invocación o
de ritualización. Es algo más complejo. La magia que, recordemos, siempre produce un efecto en nosotros o en los demás,
precisa de la ceremonia y del ritual. En este caso no estamos
hablando sólo del ritual de prender unas velas e invocar a una
entidad protectora. Nos estamos refiriendo a llevar a cabo toda
una ceremonia que se inicia cuando pensamos en realizar un
acto mágico y que culmina cuando ponemos en escena el ritual.

Vayamos a un caso práctico: alguien decide preparar un
amuleto para lograr obtener el cobro de sus deudas. La ceremoniosidad que debería imperar en su magia comenzaría cuando en un lugar tranquilo y especial reflexiona meditativa y
tranquilamente sobre lo que le pasa o preocupa. Esa ceremonia se alargará cuando decida que debe emprender un camino
mágico, es decir, que realizará un preparado, en este caso un
amuleto. La confección de un amuleto, como cualquier otro elemento de magia, también requiere de un tiempo de preparación, de una tranquilidad de acción, mente y espíritu. El mago
debe estar en una comunión permanente con aquello que esta
haciendo. Esa es la ceremoniosidad que exige la magia: que en
todas y cada una de las cosas que llevemos a cabo seamos ple-
namente conscientes de qué estamos haciendo y con qué fin.

❊ El lector que desee practicar la auténtica magia debe
estar en condiciones de dejar a un lado las prisas, el

reloj y el estrés para sumergirse de lleno en las actividades mágicas.

☀ Todo cuanto se practica en magia, desde la respiración hasta el gesto, pasando por la palabra de un ritual, forma parte del ceremonial de la vida, es una emanación de energía, una comunión con el Cosmos en el que vivimos.

4.ª Ley mágica: el respeto, un ingrediente esencial

Decíamos en la primera Ley mágica que todo tiene una relación con todo y que la magia no es individual, por eso la ley del respeto es tan vital en artes mágicas. Ahora bien, como veremos en el desarrollo de esta ley, el respeto no sólo es hacia los demás o hacia la magia, sino que también debe serlo hacia uno mismo.

Para un mago que se precie de serlo, el respeto por lo que hace es vital. El auténtico mago que busca obtener poder de la fuerza del Universo para que su magia surta efecto y sea verdaderamente efectiva, debe creer en lo que hace, es decir, debe respetar sus procedimientos mágicos y también los de los demás. Al mismo tiempo, las leyes de la magia le exigen que sea respetuoso con los demás pero también con su persona.

El tercer punto, pero no por ello el menos importante, es que el mago debe saber quién es. El operante de magia tiene que hacer un esfuerzo para conocer su naturaleza y para analizar sus pensamientos, sus deseos y sus anhelos, ya que sólo de esta manera sabrá si está actuando o no con verdadera honestidad.

El respeto por uno mismo implicará ser consciente de las peticiones que hacemos, nos permitirá saber si somos o no justos con aquello que requerimos del universo. Y, por supuesto, nos pondrá en situación si realmente cumplimos la ley del merecimiento o, por el contrario, nos hará saber si es o no el momento más adecuado para efectuar una petición.

❋ Sólo aquel que hace un esfuerzo por conocerse a sí mismo, por descubrir sus virtudes y defectos, está en posición de utilizar su energía con fines mágicos. En caso contrario, se está engañando.

5.ª Ley mágica: ley del merecimiento

Como decíamos al inicio de este capítulo, teóricamente en magia todo vale y todo puede lograrse. Es cierto, pero ¿merecemos aquello que estamos solicitando?, ¿estamos realmente en condiciones de pedir?, ¿lo estamos haciendo en su justa medida?

La ley del merecimiento es sumamente importante ya que nos recuerda que en magia sólo podemos pedir aquello de lo que después podremos ocuparnos y responsabilizarnos. A lo largo de las páginas venideras efectuaremos numerosos rituales que tendrán por objeto lograr más dinero o una mejor posición económica. Debemos hacernos un planteamiento; supongamos que ritualizamos para lograr un puesto de trabajo en el que disfrutemos de una categoría superior. La ley del merecimiento nos dice que podemos lograr lo solicitado pero sólo si somos capaces de, una vez obtenido dicho trabajo o cargo, desempeñarlo con el máximo de respeto y la mejor dedicación, puesto que de lo contrario no se nos concederá. Es evidente que si hemos seguido con atención la ley anterior, la del respeto, y si sabemos que no merecemos un cargo superior en una empresa, ya no lo habremos pedido con una fórmula mágica. Pero a veces, cometemos el error de pasar por alto el respeto hacia uno mismo, haciendo que sea el egoísmo y no el honor el que guíe nuestros pasos.

La ley del merecimiento tiene mucha relación con la segunda ley, la que alude al tiempo. Puede que cuando hayamos hecho la petición mágica no nos merezcamos, al menos por el momento, lograr aquello que estamos pidiendo, por lo tanto no se nos concederá. En cambio, obtenemos lo ansiado años después, cuando nuestra preparación y disposición para lo solicitado sí son adecuadas.

Comprender en toda su magnitud la ley del merecimiento es vital para llevar adelante un trabajo mágico. Por eso, antes de reclamar mágicamente el pago de una deuda, debemos preguntarnos, ¿realmente merecemos que se nos devuelva lo que hemos prestado?, ¿nos hace falta de verdad?, ¿es posible que la otra persona lo merezca o lo necesite más que nosotros? Recordemos que no siempre podemos pasar por encima de todo el egoísmo ni los intereses materiales. Otro tanto sucede con ciertas paradojas. Hay cientos de casos de personas que han solicitado dinero en un ritual y para su alegría han visto que recibían un regalo o que de pronto llegaba un dinero inesperado y, sin embargo, la cuantía no era la pedida. ¿Estaba fallando la magia? No, simplemente estaban recibiendo aquello que el destino o las potestades superiores consideraban que la persona necesitaba en ese momento, lo que realmente merecía. Las fuerzas mágicas estaban aplicando la siguiente ley, la de la equidad.

☀ Antes de llevar a cabo cualquier tipo de práctica debemos analizar con frialdad y desapasionamiento nuestros objetivos y la legalidad moral de los mismos.

6.ª Ley mágica: ley de la equidad

A veces no basta con el respeto por lo que hacemos o por nosotros, no es suficiente saber que merecemos aquello que estamos pidiendo. Es preciso ser equitativos, ser justos en la medida de aquello que estamos haciendo. La ley de la equidad nos dice que no debemos tentar jamás la suerte de ir más allá de nuestras posibilidades ni de solicitar más de lo que es justo y necesario. Muchas personas aplican aquello de «puestos a pedir, pido…», y no hay límites.

La ley es para todos igual, recordemos que no es humana, sino cósmica o, si se prefiere, divina. No podemos ni debemos caer en el error de romper las barreras de lo tangible para entrar en un «buffet libre de la magia». Todo tiene su límite, su orden y su concierto.

De la misma forma que no sería equitativo pedir siempre para uno y jamás para los demás, o al revés, tampoco lo sería dejarnos llevar sólo por una parte de la magia del oro, es decir, por lo material. Tenemos que hacer un esfuerzo por combinar la fuerza de todas las energías y ser equitativos realizando acciones mágicas que nos encaminen hacia el espíritu, al tiempo que también otras lo harán hacia la materia.

✹ El operador de magia tiene que analizarse continuamente y vigilar la evolución de su espíritu velando para que el camino que siga su ser esté siempre dentro del equilibrio universal.

7.ª Ley mágica: ley de la solidaridad

Una de las formas de ser equitativos es practicando y haciendo nuestra la ley de la solidaridad. El mago debe ser solidario no sólo con quienes le rodean sino también con él mismo. La solidaridad vendrá marcada por establecer peticiones mágicas de las que el operador en magia no sacará, a priori, beneficio alguno. Un ejemplo de ello sería estar en condiciones de realizar peticiones de ayuda o de dinero para los demás. Proyectar nuestros pensamientos para que nuestra familia, amigos o incluso desconocidos puedan recibir, al igual que lo hacemos nosotros, la suerte, el éxito o el dinero.

A través de la ley de la solidaridad, lo que estamos haciendo es aplicar de nuevo el principio mágico del equilibrio y la equidad. Si somos equitativos en nuestras peticiones, estamos siendo solidarios, y ésta es una forma de agradecerle a la magia que las cosas funcionen, es una manera de alejar de nuestra vida el insano egoísmo de estar llevando a cabo acciones mágicas con el único objetivo de lograr un lucro personal.

Decíamos que esta ley debe ser solidaria también con uno mismo, con quien opera en la magia. Nada más cierto. A veces, algunas personas se acostumbran a trabajarlo todo desde una perspectiva mágica, lo que acaba por convertirlas en esclavos de sí mismos. Este tipo de esclavitud tiene dos peligros: por una parte podemos caer en el error de que llegue un momento en que dependamos tanto de la magia que no sepamos hacer nada sin ella y, por otra, corremos el peligro de abusar de nuestras fuerzas psíquicas y energéticas.

El mago que es solidario consigo mismo sabe perfectamente que hay un tiempo para todo y que la magia no debe usarse indiscriminadamente ni para todas las acciones de la vida. Sabe que la magia es un apoyo, es una herramienta complementaria a la que puede recurrir, pero que no es la única forma que tiene de proceder. Por eso, el mago solidario recurre a la magia, tanto para sí mismo como para los demás, con un gran sentido de la justicia, llevando a cabo sus rituales sólo cuando, además de respetuosos, son justos, necesarios y, por supuesto, equitativos.

☀ Cada vez que diseñemos un ritual o que pensemos en llevar a cabo una práctica mágica, debemos diseñar o pensar al mismo tiempo en otra práctica que llevaremos a cabo para una segunda persona de cuyo beneficio nada obtendremos.

8.ª Ley mágica: ley del agradecimiento

Hay algo que es bastante humano: la capacidad para olvidar, para dejar de lado ciertos aspectos que un día fueron trascendentes e importantes pero que, solventados los problemas, pareciera que ya no son tan importantes. En magia, a veces, se comete el error de recurrir a ella cuando ya no hay solución, cuando uno ya no puede más, cuando parece que todas las puertas se están cerrando. En esos momentos, casi a la desesperada, la magia parece ser el único remedio. Tanto es así que nos ponemos en manos de lo oculto y cuando ha pasado el temporal olvidamos con una facilidad pasmosa qué nos llevó hasta la magia.

Esta ley de agradecimiento es sumamente importante para que no nos pase por alto que hubo un día en que necesitamos ayuda, y que algo o alguien nos la otorgó. El mago está obligado no sólo a agradecer al destino o a sus dioses lo que han hecho por él, sino que, además, tiene la obligación de estar agradeciendo en todos y cada uno de los momentos en que está ritualizando la presencia de sus elementos, el fuego de sus velas, la fragancia de sus perfumes, etc.

✹ El lector deberá tener claro que es necesario que efectúe una acción de gratitud cada vez que tenga una idea sobre un ritual o práctica mágica, cada vez que emplee un elemento en un ritual y siempre que haya finalizado cualquier tipo de preparado.

✹ Las acciones de agradecimiento pueden ser unas simples palabras, una oración vinculada a una liturgia determinada o el cumplimiento de una promesa.

✹ Cuando efectuamos una acción de gratitud estamos generando una fuerte corriente mágica que nos puede ser de gran ayuda para crear un campo de energía armónico a nuestro alrededor.

41

Las leyes no escritas

A través de los textos anteriores hemos conocido las principales leyes o procedimientos de la magia. Son, evidentemente, leyes no escritas, pero que todo buen operador en magia debe conocer y respetar. Ahora bien, al margen de las mencionadas hay otra ley o, mejor dicho, procedimiento, que podemos considerar como vital a la hora de trabajar la magia del dinero.

Podríamos llamar a esta nueva ley la «ley de la calidad», ya que alude precisamente a dicho concepto. Decíamos en la introducción que no podemos pretender hacer un ritual para lograr más dinero utilizando velas burdas o de baja calidad, pues bien, ello será también aplicable al resto de los elementos que utilicemos tanto en nuestro templo como en las prácticas ceremoniales.

A lo largo del capítulo siguiente entraremos de lleno en algunos procedimientos mágicos y veremos cómo es el templo del mago y de qué manera puede realizarse. Una norma debe imperar en todo el proceso de ejecución del templo: la calidad. Tanto el altar, como los armarios, como cualquier otro de los elementos que incorporemos al que será nuestro centro de poder, debe ser de máxima calidad. No podemos trabajar el oro o el dinero con productos vulgares o de dudosa calidad.

Hay otro aspecto también interesante, y es la compra de los productos mágicos. Encontrar una vela, un papel de pergamino o una esencia aromática es relativamente fácil. Bastará con que nos acerquemos a una tienda especializada para lograr un buen producto. Pero en lo que a magia del dinero se refiere, no queremos un buen producto, debemos comprar el mejor y adquirirlo con ceremonia y paciencia.

No se tratará de llegar a la tienda y coger lo primero que necesitemos sin más. Debemos embebernos del ambiente que nos rodea, dejar que los sentidos se abran y que nuestras manos, como guiadas por un sexto sentido, acaben por recaer en el producto adecuado, en aquel que más nos satisfaga o se ajuste a nuestras necesidades. Debemos comprar el más bello, el más armónico, el mejor, sin que nos importe el precio que tenga. De esta manera estaremos efectuando una comunión y llevando a cabo la ceremoniosidad que toda buena magia requiere.

Preparándonos para trabajar

«De aquel que opina que el dinero puede
hacerlo todo, cabe sospechar con fundamento
que será capaz de hacer cualquier cosa
por dinero.»
BENJAMIN FRANKLIN

«La calidad nunca es un accidente; siempre es el
resultado de un esfuerzo de la inteligencia.»
JOHN RUSKIN

Entramos en uno de los terrenos mágicos más apasionantes:
la creación de un lugar sagrado, especial y, sobre todo, mágico. Y ésta será una de las primeras actividades mágicas
para las que el lector debe estar preparado.

Las personas conocedoras de las artes mágicas saben que
para un buen funcionamiento ritual es preciso disponer de
un lugar, un reducto considerado como especial y desde el
que poder trabajar, un sitio al que denominaremos «templo
del mago».

El templo es algo así como el gran caldero desde el que nacen todas las fuerzas mágicas que después pasan a tomar cuerpo o a convertirse en realidad tras la dramatización o puesta en escena que supone un ritual o un hechizo. El templo es para el mago el lugar en el que se entrena, en el que planifica, plantea y lleva a cabo sus rituales. Por tanto, éste debe ser un lugar especialmente estudiado y diseñado.

Aprendiendo a trabajar en un espacio

Como es lógico, en muchas ocasiones, el mago no podrá trabajar desde su lugar de poder. Por ejemplo, cuando esté en una reunión con socios o colaboradores, o visitando a una persona a la que está reclamando una deuda, o pasando una prueba de selección de personal..., entonces el templo le quedará lejos. Pese a la distancia, todos los preparados que lleve consigo el operador o mago habrán sido elaborados desde el templo, por lo tanto tendrán su fuerza y su poder.

Otro aspecto a resaltar es que, en magia, es conveniente trabajar con dos templos o lugares sagrados; uno sería el físico y el otro estaría en el interior de la mente. Tanto para uno como para otro caso, el operador debe proceder con sumo cuidado a la hora de establecer un diseño y generar el que será su centro de poder. Recordemos que, en estos casos, la improvisación es mala consejera.

No podemos indicarle al lector qué cosas o elementos deben formar parte de su templo, es más, sería contraproducente hacerlo. Cada persona debe escoger cómo quiere que sea ese reducto. Por eso, nos limitaremos a efectuar una serie de indicaciones genéricas y comunes para todo templo, y será el lector quien, finalmente, concluya su obra al dotar a un especio específico de su casa, que hará las veces de templo, de aquellos aditamentos imprescindibles para que verdaderamente sea un espacio personal.

Seleccionando un lugar

Aunque la denominación nos pueda parecer vulgar, lo cierto es que un templo es un «decorado» sobre el que se deslizarán nuestras emociones y energías. Debe ser un reducto que nos haga sentir bien, cómodos y en la intimidad. Comenzaremos, entonces, por construir el templo o lugar sagrado físico y, después, podremos proceder a desarrollar otro en el ámbito de lo mental.

Debemos escoger una estancia de nuestra casa que preferentemente esté un poco aislada. Si vivimos en la ciudad, los edificios nos ofrecerán probablemente poca intimidad pero, pese a todo, podremos escoger una estancia que esté ligeramente apartada del centro vital del hogar, que suele ser el salón. Si residimos en una casa que esté situada fuera de la ciudad y con espacio exterior disponible, lo ideal es que el templo o lugar de trabajo esté ubicado fuera de la casa, tal vez en una bodega, trastero, cuarto de jardinería, etc. Por supuesto, el jardín de la casa se convertirá en un aliado esencial a la hora de efectuar determinados rituales o ceremonias ya que estaremos en contacto con la naturaleza.

A la hora de seleccionar un lugar como templo debemos tener en cuenta estas premisas:

1. Que el espacio ofrezca privacidad, de manera que podamos estar en nuestro recinto sin ser molestados. Es aconsejable que no disponga de teléfono y que sus ventanas no den a una calle muy concurrida.

2. La estancia debería tener, siempre que sea posible, luz natural. El sol es uno de los grandes aliados cuando debemos meditar, reflexionar o simplemente relajarnos y respirar profundamente antes de efectuar una ceremonia.

3. En caso de que la estancia carezca de luz del sol, es importante que al menos tenga una ventana para que podamos airear el recinto con frecuencia. No importarán los rigores del clima en este sentido, lo que sí es relevante es que el aire pueda circular libremente para que se produzca una adecuada renovación energética en la sala.

Un recinto de color

Una vez que tengamos una estancia conforme a nuestras necesidades, debemos adecuar su interior. Comenzaremos por la pintura. La tonalidad de las paredes también generará una vibración en nuestro ser y puede fortificar nuestras actividades mágicas, de manera que debemos escoger con precisión el color de dicho recinto, a no ser que decidamos emplear el color blanco como base y cambiar las tonalidades utilizando bombillas de colores.

Vaya por delante la aclaración de que los colores más adecuados para todo lo que esté relacionado con el dinero y la magia económica serán el amarillo, naranja y las gamas de azul más oscuro. El color negro no es aconsejable ya que al ser neutro podría disipar las fuerzas mágicas. El verde está reservado para cuestiones de salud y equilibrio emocional, de igual manera que sucede con los tonos liliáceos, que nos servirán para abstracciones y meditaciones. Cabe resaltar que en este tipo de magia, la amatoria y sexual, los tonos más recomendables para un templo son el rojo, rosa, naranja y amarillo, además de lila.

Para el caso que nos ocupa, reiteramos que lo más adecuado sería que en el recinto hubiese, al menos, una pared amarilla o naranja.

Por lo que se refiere a la opción del uso de bombillas de colores, sin lugar a dudas bastante más práctica, debemos saber que esto nos permitirá jugar con la variedad cromática y utilizarla de apoyo para nuestros rituales. Recordemos algunos de los tonos y su aplicación:

Amarillo: potencia la imaginación y la creatividad, es el color del dinero; se convierte en ideal para tener nuevas ideas respecto a cómo lograr ingresos extraordinarios; puede ser un color interesante para rituales que tengan por finalidad tentar la suerte de los juegos de azar.

Naranja: es también el color del dinero, aunque está más vinculado al trabajo; resultará perfecto para ceremonias o rituales en los que debamos pedir aumentos de salario, renovaciones de contratos, etc.

Verde: es un color saludable y, en el caso del dinero, nos será de ayuda para reequilibrar emociones vinculadas a la economía, y también para alejar negatividad o incluso ahuyentar la mala suerte; recordemos que no es un color que deba ser predominante para todo tipo de acciones mágicas monetarias.

Rojo: al ser un color pasional de gran empuje energético, lo podemos utilizar para hechizos en los que sea necesario invocar con mucha fuerza o convicción; también puede ser un color interesante para anular influencias nefastas o enemigos.

Azules: en toda su gama, nos ayudará en la concentración; no estaría de más que cuando tengamos que relajarnos o meditar sobre algunos rituales empleemos este color.

El mobiliario indispensable

Todo templo que se precie debería estar dividido en tres zonas. Una estará destinada a la preparación y meditación de los rituales y ceremonias. En este lugar será interesante disponer de un sillón o sofá en el que podamos estar cómodos para relajarnos o meditar sobre nuestros objetivos mágicos.

La segunda zona a destacar será la operativa. En ella será más que suficiente con disponer de un armario con cajones y unas estanterías. En la zona operativa será donde guardaremos todos los ingredientes mágicos como velas, inciensos, esencias aromáticas y aquellos productos que debamos utilizar en nuestras prácticas, como trozos de tela, especias, hierbas, piedras o minerales, etc. En la zona operativa debemos reservar una serie de espacios para guardar las bolsas de ceremonias, los amuletos y todos los preparados mágicos que requieran de un reposo antes de ser utilizados de forma habitual.

Por último, la tercera zona del templo será la denominada «zona de altar». En ella será más que suficiente una mesa que hará las funciones de altar. Sería interesante que la mesa estuviera colocada y orientada de cara a la puerta de entrada del recinto, y que la mesa quede situada de manera que la luz del sol pueda iluminarla y generar influencia sobre ella.

El altar es un elemento de trabajo. Desde él invocaremos, sobre él prepararemos los filtros, las hechizos, los saquitos ceremoniales o incluso los amuletos. Por lo tanto, es un lugar que debe estar escrupulosamente limpio y siempre preparado para ser usado.

Salvo que las exigencias del ritual nos exijan lo contrario, todo lo que haya sobre el altar deberá ser recogido y limpiado tras la finalización del ritual. Eso sí, en el altar, es aconsejable que siempre haya un punto de luz, en este caso de una vela que debería arder permanentemente, siempre y cuando tengamos la seguridad de que no se producirá ningún accidente, para lo cual será aconsejable utilizar una lamparilla de seguridad.

Los otros elementos del templo

Con todos los elementos mencionados, el lector tendrá más que suficiente para poder trabajar con comodidad, así que dejamos a su criterio el uso de otros elementos complementarios de los que, no obstante, destacamos algunos que le pueden ser de gran utilidad si los incorpora a su instrumental mágico.

1. **Campanas y gongs:** representan la viveza del sonido y son muy interesantes como elementos disipadores y reconducidores de la energía; facilitan la relajación y la interiorización.

Un toque de campana o de gong antes de comenzar un ritual y, por supuesto, al finalizarlo, generará un ambiente agradable en el recinto y nos ayudará a que los excesos de acumulación energética no nos afecten.

2. **Alfombras redondas:** simbolizan la separación entre lo sagrado y lo profano; crean una barrera protectora entre el oficiante y su entorno.

Siempre y cuando sean de materiales naturales y no hayan sido tintadas con productos químicos, las alfombras crean una barrera entre el suelo y el operador. Por eso, desde un punto de vista de la magia mimética, sacralizan el recinto sobre el que se sitúa el mago.

Una opción interesante en el uso de las alfombras es que podemos recurrir a ellas para meditar y abstraernos desde un recinto sagrado.

Algunos profesionales de la magia emplean las alfombras circulares para situarlas bajo el altar ya que de esta forma, a través del círculo que representa la alfombra, se está delimitando una zona sagrada, diferenciándola de otra que resulta profana. Usar este elemento es una forma de reconocer la zona en la que sólo el mago puede trabajar, y desligarla de aquella otra en la que pueden estar presentes otros tipos de energías.

Recordemos que la zona del altar es, si cabe, la más sagrada del templo o habitación de trabajo, puesto que será desde dicho lugar desde donde se efectuarán las invocaciones o visualizaciones precisas para que la magia surta efecto.

3. **Defumadores y lamparillas de incienso:** generarán buen ambiente y crearán campos energéticos propicios; además, podremos utilizarlos para purificar el templo.

Por supuesto, salvo que entendamos que se trata de una acción ceremonial o ritual, en el templo no deberíamos fumar, no deberíamos embrutecer la estancia con el humo de elementos que son impuros. En caso de que lo hagamos, los incienso y defumadores serán de gran ayuda para purificar el recinto. Pero con independencia de que fumemos o no, lo aconsejable es que en el recinto haya siempre un ambiente agradable.

Si ventilamos la estancia con frecuencia conseguiremos, además de una renovación energética, que el aire siempre sea más puro. Como complemento a la ventilación no estaría de más que cuando no usemos el templo prendamos con cierta frecuencia unos inciensos o lamparillas quemadoras de esencias aromáticas.

En función de la actitud o estado emocional desarrollado por el mago en su templo, podrá usar un tipo u otro de aroma para purificar el recinto o dotarlo de una mejor sintonía. Éstos son los aromas más aconsejables:

Pino: favorecerá la limpieza y resultará armónico para todo tipo de situaciones.

Limón: está considerado como un limpiador de negatividades muy rápido y sumamente efectivo.

Menta: aconsejable cuando las situaciones que estamos viviendo nos generan confusión y deseamos que la planificación de los rituales resulte más fácil.

Bergamota: es ideal para los momentos de confusión mental y cuando hay problemas de concentración. Recordemos que sin una buena concentración el acto mágico puede fallar.

Lavanda: en general purifica el espíritu y disipa las dudas; por otra parte, nos ayudará a tomar decisiones difíciles.

Varitas mágicas: son unas herramientas delicadas que tienen la finalidad de proyectar la energía mágica del mago u operador.

Se requiere de cierta destreza y práctica para poder trabajar con una varita mágica. De hecho, no es un instrumento que pueda emplearse alegremente, ya que si no lo dominamos a la perfección podríamos encontrarnos con alguna que otra sorpresa desagradable.

Por norma general la varita mágica es una rama de árbol, que puede ser de roble o avellano y que suele medir tanto como la distancia que hay desde el centro del plexo solar del mago hasta la punta de su dedo corazón. Por supuesto, dejamos a criterio del operador el uso de una varita si ya dispone de ella.

4. Imágenes religiosas: servirán para potenciar la fe del operador y le ayudarán a generar ambientes de paz o recogimiento.

La magia no necesariamente tiene que estar reñida con la creencia religiosa o con el profesar una fe. Al fin y al cabo, en ambos casos se está recurriendo a la utilización de las fuerzas energéticas. Por ello, si el lector desea incluir en su templo la imagen de un santo, una virgen o un dios de su devoción, así como otro tipo de figura o elemento religioso, puede y debe hacerlo. Tengamos presente que seguramente su presencia le reconfortará y le hará sentirse mucho más seguro al penetrar en los senderos de la magia.

5. Pergaminos y cartulinas de color: servirán para anotar en ellos nuestras peticiones, ruegos o mandatos.

Todos los elementos que vamos a utilizar para tomar notas o escribir textos deben ser de muy buena calidad. En el caso de los pergaminos, debemos buscar un auténtico pergamino y no imitaciones producidas por la industria papelera, por muy buenas que parezcan. Otro tanto sucederá con las cartulinas o papeles en los que vamos a anotar los deseos.

Salvo que en el ritual se indique lo contrario, siempre debemos utilizar un papel o cartulina de muy buena calidad, de bastante gramaje (peso y densidad) y a ser posible de color blanco, ya que ésta es la tonalidad más adecuada para todo tipo de peticiones.

6. Tintas mágicas y elementos de escritura: se elaboran con elementos naturales y se emplean para escribir con ellas las peticiones o mandatos, que suelen trazarse con plumas de ave.

A la hora de escribir nuestros textos mágicos, no se trata de querer llevar a cabo el capricho de hacerlo a la antigua usanza, pero emplear para ello las denominadas tinturas mágicas que han sido elaboradas con productos naturales, así como las plumas de ave, otorga una mayor ceremoniosidad al acto que se refleja en su mayor apreciación mágica.

7. **Calderos, cálices o copas:** son los receptáculos de lo mágico y servirán para depositar en ellos determinadas sustancias que quemaremos o maceraremos.

Tanto el caldero como la copa son una representación del útero femenino. Simbolizan el lugar donde pueden germinar todas las cosas, y en magia se emplean no sólo para hacer las maceraciones o los preparados, sino también porque están asociados a la idea de herramienta capaz de otorgar vida de la nada.

8. **Puñales o dagas:** servirán para realizar incisiones en las velas, para grabarlas e incluso para llevar a cabo cortes mágicos.

Aunque, como sucede con las copas y calderos, los puñales y dagas no son elementos imprescindibles, la verdad es que deberemos utilizarlos en varias ocasiones. Así, si ya disponemos de un buen puñal, debidamente consagrado, podremos recurrir a él tantas veces como sea necesario para imprimir en diferentes elementos nuestros mandatos mágicos.

Un objeto sagrado: el Libro de las Peticiones

El objetivo no es que el lector acabe escribiendo un complejo tratado de magia, pero no estaría de más que dispusiera (y no es un capricho) de un cuaderno de anotaciones o libro mágico de peticiones en el que anotará todas sus vivencias mágicas más relevantes.

El Libro de las Peticiones es un elemento que debe ser confeccionado por el propio mago, por tanto, lo aconsejable no es ir a la librería y comprar la primera libreta que veamos nada más entrar. Lo recomendable sería acudir a una librería o comercio especializado en la venta de todo tipo de papel. Allí, con mucha tranquilidad y dejando que las manos viajen por sobre las hojas y que el olfato se embriague con los diferentes matices aromáticos del papel, procederemos a escoger una serie de hojas que nos resulten agradables y que sintonicen bien con nuestra energía. Por supuesto, cuando busquemos ese papel lo haremos de una forma relajada a la vez que concentrada, tomando conciencia de que aquello que compremos servirá para unos fines mágicos muy especiales.

Una vez dispongamos del papel (o papeles) adecuado procederemos a confeccionar con él un bloque de notas o una libreta, cosa que se puede conseguir cosiéndolas por el pliegue. Llegará, pues, el momento de proceder a encuadernar las hojas. Para ello, nada mejor que coserlas de nuevo, efectuando un acto mágico, puesto que cuando las cosamos debemos tomar conciencia de que estamos fabricando un producto especial, único y que será totalmente personal y mágico.

Lo aconsejable es que para realizar la encuadernación cosida de nuestro libro de las peticiones, recurramos al hilo de cáñamo o en su defecto hilo de pura lana virgen.

Una vez tengamos encuadernado el libro podremos usarlo para escribir en él todo lo relativo a nuestros procesos mágicos. No hace falta que empleemos complicadas claves de escritura ni alfabetos secretos, aunque es evidente que eso dependerá de nuestras propias decisiones. Lo importante es que en dicho libro queden reflejados los días y horas en los que tenemos que trabajar, los proyectos que pretendemos convertir en realidad, las diferentes acciones mágicas que estamos preparando, sus resultados, etc.

A medida que pase el tiempo y que vayamos trabajando con el libro veremos con una gran claridad nuestra evolución en los terrenos de la magia, nos daremos cuenta de posibles fallos, también de los logros, e iremos perfeccionando poco a poco nuestros conocimientos.

El sagrado libro de las peticiones no es un instrumento para vanagloriarse ante los demás de nuestros logros o intenciones a la hora de surcar las orillas de lo insólito. Es y debe ser, ante todo, un elemento de trabajo que nos servirá el día de mañana para conocer nuestras evoluciones, ideas, pensamientos, etc. En definitiva, es una parte de nuestra historia, de lo que somos y hemos sido.

Consagrando los elementos

Como hemos podido apreciar, son diversos los elementos que pueden configurar ese universo particular que será nuestro templo. Compraremos productos, fabricaremos otros, al fin tendremos diseñado un espacio singular, pero no olvidemos que tras cada adquisición, cada diseño, cada acción para configurar y darle vida a nuestro templo, deberá existir una consagración.

Consagrar los elementos del templo no es sino hacer que vibren con nosotros y que sintonicen con nuestra energía. Desde luego, ya lo hacen en el mismo momento en que trabajamos en un diseño o efectuamos una adquisición, pero tenemos que ir un poco más lejos. Será aconsejable que cada vez que incorporemos en el recinto un nuevo elemento de los que luego conformarán el templo, procedamos de la siguiente forma:

1. Nos sentaremos en el suelo, en el centro de la habitación, procurando estar en dirección a la puerta del templo. Nos descalzaremos y buscaremos una posición en la que no haya ninguna prenda de ropa que nos moleste.

2. Efectuaremos una serie de respiraciones profundas para relajarnos. Debemos sentir que el aire entra y sale libremente de nuestros pulmones y que la corriente que produce nos da serenidad y paz interior.

3. Siempre que sea posible, tomaremos el objeto con ambas manos y lo llevaremos al plexo solar, cerca del corazón.

4. Dejaremos de pensar en la respiración para proceder a centrar toda nuestra atención en los latidos del corazón. Una vez que los percibamos perfectamente, imaginaremos que un punto de luz crece en el interior de nuestro pecho.

5. Para reforzar la visualización podemos llevar a cabo dos o tres respiraciones profundas. Es importante que no perdamos la concentración.

6. Debemos sentir que el punto de luz cada vez es mayor. Es nuestra energía, forma parte de nosotros y somos nosotros a un tiempo.

7. A medida que el punto de luz crece debemos hacer un esfuerzo por sentir que se expande hacia el elemento que contenemos entre los brazos, envolviéndolo sin más.

En el caso de que, por sus características, el objeto no pueda ser soportado por los brazos, deberemos situarnos junto a él y sentir igualmente que la energía lo invade.

8. Una vez que percibamos que la energía ya se ha expandido, tomaremos conciencia de que estamos consa-

grando el objeto o elemento que nos ocupa. En ese momento podemos decir: «Desde este momento [indicar el nombre del objeto] y yo, formamos parte de un todo armónico y positivo».

9. Tras el paso anterior permaneceremos unos minutos en silencio, dejando que la mente se evada y nos traiga todo tipo de imágenes o sensaciones. Después, poco a poco, iremos saliendo del estado de relajación y daremos por concluido el ejercicio. La consagración habrá concluido.

Recordemos que debemos llevar a cabo este ejercicio sólo para consagrar los elementos que formarán parte del templo, y no cada vez que debamos utilizar una vela o incienso ni cuando adquiramos diferentes elementos mágicos para nuestros ceremoniales mágicos.

El templo de la mente

Disponemos de un templo físico, pero no siempre podremos trabajar desde él. Para estos casos precisaremos tener un lugar en la mente, un reducto igualmente sagrado en el que nos evadiremos cuando tengamos que llevar a cabo desde una invocación hasta una actividad mágica fuera del templo físico.

Crear el templo mental es más fácil y menos laborioso que el caso anterior, sólo necesitamos imaginar un lugar, puede ser lo alto de una montaña, un paraje arbóreo, una cueva o el mismo recuerdo de la sala o habitación física que conforma nuestro templo. Lo importante es que seamos capaces de visualizar dicho templo de una forma muy rápida y sin esfuerzo. Para ello no tendremos más remedio que practicar varias veces llevando a cabo sesiones de relajación y visualización en las que el objetivo principal, sin más, será ver con claridad el templo mental. En una segunda fase, cuando la visualización sea realmente fácil, podremos incrementar los niveles de perfección creando escenas y viéndonos a nosotros mismos en el interior del templo que está en la mente. Cuando hayamos alcanzado esta fase podremos decir que la consecución del templo es ya una realidad.

Rituales para la riqueza espiritual

*«La mitad de nuestras equivocaciones nacen porque
cuando debemos pensar, sentimos y cuando deberíamos
sentir, pensamos.»*
DAGDA LUGAN

*«La felicidad no consiste en tener lo que
quieres sino en querer lo que tienes.»*
IMÁN JUDAH CHACTEL

El ser humano es como el mapa de un continente que no ha
sido explorado en su totalidad. Creemos saber cómo somos y
creemos que nos conocemos a la perfección; sin embargo, no
siempre es así. Parafraseando a Unamuno, quien, recrean-
do la teoría de Oliver Wendell Holmes (en su *The Autocrat of
the Breakfast Table, III*) sobre los tres Juanes y los tres To-
mases, viene a decir que en la apreciación del yo conviven lo
que *en verdad* somos y cómo somos, lo que *pensamos* que somos y lo que un tercero (o los demás) *piensan* que somos.
Así, podemos decir que somos lo que somos, lo que creemos

que somos y también aquello que los demás creen que somos. No es un juego de palabras, sino la vida misma.

Todos creemos estar en condiciones de efectuar una definición bastante precisa de nuestra persona. Sin embargo, acostumbramos a equivocarnos. Todos disponemos de cualidades que preferiríamos omitir u olvidar. Aquellas emociones que no dominamos, aquellas formas de nuestra personalidad a las que tememos, aquellas formas de pensamiento y deseos que nos turbaría decir en público. No, no nos conocemos de verdad. Sabemos más o menos cómo somos, pero no siempre podemos ni queremos reconocerlo y, por supuesto, incluso cuando lo hacemos a veces nos empeñamos en disfrazar la realidad.

A lo largo de este capítulo vamos a entrar en algunos aspectos de índole emocional para los que debemos estar preparados. Veremos cómo superar algunas situaciones que posiblemente no queremos reconocer. Así, cuando trabajemos mágicamente para erradicar la envidia, muchos lectores podrán pensar: «Yo no soy envidioso». Otros, cuando, llegado el momento, tengamos que ocuparnos de ser más solidarios, pensarán para sus adentros: «No hay nadie más solidario que yo».

La propuesta es que el lector deje de lado por un momento sus criterios personales. Hay personas que no son envidiosas pero cuando saben que alguien tiene un nuevo modelo de coche, ellos, que no saben conducir y, por tanto, no pueden comprarse uno, curiosamente y sin tener un motivo claro para ello, terminan por adquirir el último modelo de televisor panorámico. Otros dicen ser muy solidarios, pero en realidad lo que necesitan es sentirse superiores a los demás, y practicar la solidaridad activa no es sino una forma de sublimar sus deseos de reafirmar la supremacía. No pretendemos decir que todo el mundo sea así, pero muchas veces más valdría no hacer grandes manifestaciones de nuestra personalidad y formas de actuación sin antes tener la valentía de preguntarnos qué motiva realmente aquello que hacemos.

Vamos a ver seguidamente una selección de rituales que nos servirán para potenciar el llamado oro espiritual. Sería conveniente que los llevásemos a cabo no sólo cuando vemos que, por ejemplo, estamos pasando una etapa egoísta o envidiosa, sino de forma periódica para ir fortaleciendo las seis cuestiones de orden espiritual que abordaremos seguidamente.

Ritual espiritual 1: erradicar la envidia

Una de las frases que mejor puede definir esta forma de aversión es: «Tú tienes lo que yo deseo tener». La envidia forma parte de la competencia y es uno de los sentimientos arraigados ya desde la infancia, como cuando un niño ve que otro tiene un caramelo y él no.

La envidia se sustenta en la capacidad de adquirir o ser. Quien tiene envidia, en realidad se siente incapaz de conseguir lo que otros han alcanzado, y prefiere atacar o desprestigiar a esas personas en lugar de luchar por alcanzar su mismo estatus o nivel de logros.

Ingredientes
- 12 velas de color blanco.
- Incienso litúrgico.
- 1 alfombra redonda.

Procedimiento
1. Situaremos la alfombra en el centro del templo y, alrededor de ella, en sentido circular, colocaremos las doce velas blanca de forma que queden ubicadas como si fueran la esfera de un reloj.

2. Nos situaremos en el interior del círculo con una caja de cerillas y procederemos a relajarnos. Para ello lo mejor será recurrir a una respiración sosegada pero continua. A medida que vayamos respirando debemos sentir que el cuerpo se relaja y que va quedando flojo y suelto.
3. Cuando hayamos alcanzado un nivel de tranquilidad óptimo, pensaremos que deseamos purificar nuestro organismo y que deseamos que la envidia se aleje de nuestra vida.
4. Repetiremos mentalmente doce veces: «No quiero ser una persona envidiosa. No quiero padecer envidias».
5. Nos sentaremos en dirección a cada una de las velas comenzando por la que supuestamente marcaría las 12, es decir, será la que estará orientada al norte. Prenderemos la cerilla y encenderemos con ella la vela. Acto seguido, y mientras la contemplamos, repetiremos en voz alta: «No quiero ser una persona envidiosa. No quiero padecer envidias».

Si la frase invocatoria referida no nos resulta suficientemente atractiva podemos sustituirla por otra que en síntesis venga a decir lo mismo. Lo importante es que la frase nos convenza y nos haga sentir firmeza en lo que pensamos y en lo que más adelante diremos.

6. Permaneceremos mirando la llama de la vela un par de minutos y luego repetiremos la operación con cada una de las restantes, cambiando de posición y orientando nuestro cuerpo en dirección a la vela cada vez.
7. Cuando todas las velas estén prendidas, cerraremos los ojos y permaneceremos en el recinto de fuego durante unos minutos más, concentrándonos en percibir que el calor de las velas purifica nuestro cuerpo al tiempo que nos protege contra la envidia.

Una vea finalizado el ritual, saldremos del círculo pero dejaremos que las velas se consuman hasta el final, ya que de esta manera seguirán produciendo su efecto mágico en el recinto.

Ritual espiritual 2: potenciar la solidaridad

Ser solidarios no es efectuar donaciones o estar siempre pendientes de lo que hacen los demás. Consiste en estar en disposición de ayudar a quien lo necesita, implica tener la capacidad de poder pedir mediante un ritual que quienes nos rodean, sean o no grandes allegados a nuestra persona, puedan tener los mismos beneficios que nosotros.

Deberíamos realizar este ritual al menos un par de veces a la semana. Como veremos, su ejecución es muy sencilla.

Ingredientes
- 1 billete de curso legal de un valor medio alto.
- 1 pergamino.
- 1 cinta de raso dorado.
- 2 velas amarillas.

Procedimiento
1. Nos sentaremos en nuestro sillón o silla de la reflexión y pensaremos en personas a las que consideramos que deberíamos ayudar monetariamente. Pensaremos en cada una de ellas visualizando su rostro, repitiendo su nombre en voz alta y luego escribiéndolo en el pergamino.
2. Junto a cada nombre, al tiempo que decimos: «Deseo ayudarte de todo corazón. Quiero que las cosas te vayan bien», escribiremos lo que consideramos que necesitaría cada persona.

3. Nos situaremos frente al altar y situaremos una vela al norte y otra en posición sur, seguidamente la encenderemos con una cerilla de madera.
4. Leeremos en voz alta el pergamino con todo lo que hemos escrito, diciendo tras cada petición: «Deseo ayudarte de todo corazón».
5. Al finalizar la lectura colocaremos el billete de curso legal sobre el pergamino y lo envolveremos todo hasta formar un cilindro que anudaremos con la cinta de raso amarillo.
6. Una vez anudada la cinta, la sellaremos con un poco de cera de las dos velas. Después dejaremos el pergamino entre ellas y no lo retiraremos de allí hasta que se hayan consumido hasta el final.

Una vez finalizado el ritual, guardaremos el pergamino en un lugar seguro hasta que volvamos a efectuar de nuevo el ritual, ya sea para las mismas personas o para otras. Cuando llegue dicho momento, quitaremos las cintas del pergamino, retiraremos el billete y dejaremos la hoja abierta para que sea bañada por los rayos de la luz del sol, al menos durante tres días seguidos. Pasado este tiempo quemaremos el pergamino.

Por lo que se refiere al billete, no podremos volverlo a utilizar para otro ritual ni gastarlo para temas personales, sino sólo en actos solidarios, como comprar productos en una tienda solidaria, donarlo a una ONG, hacer un regalo a alguien que esté pasando por una situación desagradable, etc.

Ritual espiritual 3: para saber merecer

Hay personas que se quejan de su mala suerte, dicen que las cosas no les van bien, que la vida no les sonríe y que no les aporta ninguna alegría, premio o regalo. Ciertamente, hay personas que parecen generar situaciones poco agradables, pero también es verdad que hay otras que no saben merecer, que no saben aceptar un regalo y que cuando lo hacen se sienten comprometidas además de turbadas.

Saber merecer es uno de los principios de la magia, ya que quien no sabe merecer no estará en condiciones de poder recibir. Merecer es practicar la humildad, dejar a un lado la soberbia y saber convertirse, aunque sea por un momento, en el ser más insignificante y diminuto de la Tierra.

A través del siguiente ritual vamos a lograr ser más humildes, abiertos espiritualmente y equitativos en nuestras acciones, teniendo la capacidad de recibir la ayuda de los demás sin preguntarnos qué tenemos que dar a cambio ni viendo segundas intenciones en ello.

Para llevar a cabo este ceremonial no necesitaremos utilizar elemento físico alguno, sólo la capacidad de nuestra mente. Procederemos a preparar un baño, llenando la bañera con agua suficiente como para poder sumergirnos totalmente. En el caso que no tengamos bañera en la casa acudiremos a un baño público o a un paraje natural. Nos sumergiremos en el agua, dejando la cabeza fuera de ella, mientras imaginamos que estamos en el interior de una burbuja de aire que nos protege. Debemos hacer un esfuerzo por sentir el contacto del agua con la piel para que este hecho favorezca nuestra imaginación creativa, de forma que llegue un momento en que tengamos la sensación de que el agua es la burbuja protectora.

Pasados un par de minutos, sentiremos que la burbuja va tomando consistencia y nos va limpiando el espíritu de todo tipo de adversidad e impureza que nos haga sentir incapaces de recibir. Si, por ejemplo, somos introvertidos o extremadamente tímidos y consideramos que son condiciones que nos pueden dificultar las relaciones con los demás o pueden provocar que no sepamos recibir, imaginaremos que a medida que la burbuja toma consistencia estas sensaciones desaparecen de nuestro ser.

Sintiendo la protección de la burbuja debemos trabajar todo tipo de efecto negativo que pueda tener nuestra persona, debemos pensar en todo aquello que nos hace estar apartados del mundo y que nos incapacita para recibir todo lo bueno que hay en la vida. Tenemos que sentir que la burbuja nos limpia, nos protege y nos prepara para poder recibir en un futuro.

Cuando hayan pasado unos minutos de la reflexión, sumergiremos toda la cabeza en el interior del agua mientras repetimos mentalmente: «Deseo recibir, quiero recibir, deseo merecer, quiero merecer».

Debemos repetir esta operación dos o tres veces, procurando no intensificar en exceso el tiempo que la cabeza estará bajo el agua, ya que el objetivo es que no perdamos la concentración y el hecho de sentir que nos falta el aire o que estamos apurándolo más de la cuenta podría provocar cierto nerviosismo. La clave será que cuando saquemos la cabeza del agua lo hagamos con la misma tranquilidad con que la hemos introducido con anterioridad.

Ritual espiritual 4: para superar lo superfluo

Lamentablemente, en tiempos como en los que vivimos, lo superfluo está a la orden del día. Lo malo es que todo aquello que a grandes rasgos podemos considerar superfluo, muchas veces nos aparta del camino correcto de la evolución personal y, en definitiva, de lo que resulta trascendente.

En la magia del oro, saber qué es superfluo y qué no lo es resultará vital para darnos cuenta del valor real de las cosas, tanto de las que soñamos o ansiamos, como de aquellas otras que pedimos a través de una ceremonia mágica. Lo superfluo hace que, a veces, fijemos la atención en problemas menores que nos hacen perder el rigor y la objetividad sobre otros que, sin lugar a dudas, tienen más trascendencia. Al tiempo, lo superfluo puede convertirse en algo tan peligroso como una corriente, una moda, una costumbre, aspectos que nos alejan de la evolución espiritual.

Cuando el operador en magia logra alejar los valores triviales y superfluos de su vida está consiguiendo ascender en la escala evolutiva de la magia. Por ello, este ritual, siempre que lo acompañemos del comportamiento adecuado, nos permitirá no sólo potenciar nuestro valor como seres humanos, sino también como magos. Además, nos ayudará a clarificar conceptos a la hora de establecer acciones mágicas, puesto que sabremos valorar lo necesario de una forma más efectiva y real.

Ingredientes
- 1 caldero de bronce.
- Incienso y carbón de mirra.
- 4 velas doradas.
- 1 pergamino.

Procedimiento
1. Antes de comenzar con el ritual, debemos meditar sobre aquellas situaciones cotidianas que nos hacer perder la perspectiva de las cosas, y también acerca de los comportamientos que nos conducen a ser superfluos.
2. Colocaremos sobre el altar las cuatro velas doradas, de manera que cada una de ellas coincida con un punto cardinal. En el centro situaremos el caldero, y en su interior, el carbón.
3. Prenderemos las velas con una cerilla de madera y, cada vez que encendamos una, diremos en voz alta: «Ayuda y protección».

4. Encenderemos el carbón y, cuando se encuentre al rojo, tiraremos sobre él pequeñas cantidades de incienso de mirra. Al tiempo que asciende el humo del incienso diremos en voz alta:

«Que así como asciende este humo hasta alejar y llegar al infinito, se aleje de mí lo superfluo.»

5. Debemos tirar una pizca de incienso y repetir la invocación cada vez. Después de la última escribiremos en el pergamino aquellas condiciones sobre las que habíamos meditado respecto a lo superfluo, y terminaremos por situar el pergamino sobre el carbón para que se queme lentamente.
6. Abandonaremos el recinto y dejaremos que las velas se consuman hasta el final.

Cuando las velas se consuman por completo y los carbones estén apagados, recogeremos todos los elementos y los situaremos en una bolsa negra que procederemos a enterrar en plena naturaleza. En el momento en que efectuemos el enterramiento debemos pensar que con dicha acción estamos enterrando también todo lo superfluo de nuestra vida y de nuestro espíritu.

Ritual espiritual 5: para obtener provecho en las acciones emprendidas

Para muchas personas, lograr el máximo provecho de aquello que llevan a cabo sólo pasa por la rentabilidad. Valoran sus actividades en función de aquello que consiguen ganar: amistades, dinero, contactos, posición, etc. En cambio, olvidan la ganancia en otros valores que son los que nos pueden dar el oro espiritual, valores tales como más autoestima, más serenidad, sabiduría, solidaridad, etc.

Es evidente que a lo largo del día tenemos cientos de posibilidades para incrementar nuestras ganancias espirituales, lo que sucede es que muchas veces pasamos las oportunidades por alto o no somos conscientes ni de lo que estamos viviendo ni de esas oportunidades. Con el ritual que nos ocupa podremos captar mucho mejor todo lo que nos rodea y aprovecharlo espiritualmente.

Ingredientes
* 4 velas de color blanco y cuatro negras.
* 1 fotografía personal reciente.
* 1 manojo de romero y otro de hierba luisa.
* 1 joya de oro.

Procedimiento
1. Escribiremos en todas las velas negras la palabra «provecho» y en las blancas nuestro nombre de pila.
2. Situaremos sobre el altar las cuatro velas blancas formando con ellas una línea recta y horizontal. Seguidamente haremos lo mismo con las negras, pero situándolas en sentido vertical de manera que formemos una cruz. En el centro de la cruz colocaremos la fotografía personal y la joya.
3. Observaremos todo el conjunto al tiempo que tomamos conciencia de que la disposición de los elementos tiene por finalidad ayudarnos a sacar provecho espiritual de todo lo que hagamos.
4. Encenderemos las velas. Primero las blancas, que tendrán la misión de expandir energía positiva sobre nuestra imagen, y después las negras, cuya misión será la de absorber cualquier tipo de negatividad que nos pueda perturbar.

5. Cogeremos el manojo de romero con la mano izquierda mientras, con la derecha, tomamos el de hierba luisa. Luego los elevaremos en el aire pasándolos por encima del fuego de las velas. Mientras realizamos esta acción diremos en voz alta:

«Que el fuego me purifique, que la fragancia me limpie,
que estas plantas que representan el provecho
y la espiritualidad derramen su poder sobre mí
para que mi evolución sea rápida y segura.»

Tras la invocación prenderemos las ramas y las situaremos en el interior de un caldero hasta que se consuman. Seguidamente debemos hacer un sello protector con nuestra fotografía. Para ello tenemos que cubrir nuestra imagen con la cera de las velas blancas, y el reverso de la fotografía con la cera de las velas negras.

Una vez tengamos cubierta la imagen y se haya enfriado, apagaremos el fuego y recogeremos los restos de cera así como las cenizas de las plantas que hemos quemado. Este conjunto de elementos lo enterraremos en un lugar seguro, preferentemente en el bosque, y depositaremos la imagen guardada en un cajón del templo. Deberá permanecer allí por lo menos durante una lunación completa. Pasado este tiempo procederemos a enterrarla en el mismo lugar en el que están las velas y los restos de las plantas quemadas.

Ritual espiritual 6: para evitar el egoísmo

El egoísmo, que siempre es mal consejero, es uno de los valores que más deberíamos cultivar, pero con una orientación sana y positiva. Desgraciadamente, el egoísmo de nuestra sociedad suele ser muy material y muy poco espiritual, además de insano. Cuando hablamos de egoísmo «sano» nos estamos refiriendo a tenernos más presentes, a hacernos más caso, a dar más valor a nuestra persona sin que por ello caigamos en el error de pensar que somos superiores a los demás ni tampoco convertirnos en extremadamente narcisistas.

El otro egoísmo, el que debemos erradicar, es aquel que nos hace dejar a los demás en un segundo plano porque pensamos que todo lo que nos pasa a nosotros, tanto lo que es trascendente como lo que no, es imperiosamente más vital que el resto de las cosas. Ese egoísmo es el que provoca que perdamos valores espirituales y que no nos preocupemos como debiéramos por aquello que nos compete.

Para llevar a cabo este ritual debemos realizar un sello de protección, que servirá para que el egoísmo no entre en nuestra vida.

Ingredientes
- 1 fotografía personal.
- 1 mechón de nuestros cabellos.
- Hilo de cáñamo.
- Miel pura.
- 1 vela dorada, otra negra y otra blanca.
- 1 papel de pergamino.

Procedimiento
1. Grabaremos en la vela blanca nuestro nombre y nuestros dos apellidos, así como la fecha de nacimiento. Cubriremos estos datos con la cera de la vela dorada, procediendo para ello a inclinarla a fin de que gotee sobre la blanca.
2. Cuando la vela blanca se haya enfriado procederemos a cortarla en rodajitas de un tamaño más o menos similar. Situaremos las porciones de la vela sobre el papel de pergamino. Luego situaremos sobre dicha vela

un poco de miel y, sobre ella, pondremos el mechón de cabello y la fotografía personal.

3. Cubriremos la fotografía y los cabellos con la cera de la vela dorada, y el resto de la vela blanca con la cera de la vela negra, de manera que finalmente tengamos una pieza compacta que aglutine todo.

4. Realizaremos unos dobleces en el pergamino para cerrar el resto del paquete y ataremos todo ello con el hilo de cáñamo. Cuando hayamos terminado el atado escribiremos en el pergamino nuestro nombre y junto a él las palabras «No Egoísmo».

Podemos realizar el ritual descrito también para personas que observemos que están pasando por una fase muy egoísta de su vida. En dicho caso, lo mejor será que dispongamos, además del cabello, de unas uñas o de un poco de piel de dicha persona.

Selección de rituales

«Como el fuego, el dinero en sí no es ni bueno ni malo.
Su valor depende del ojo que lo percibe y de la mano
que lo gasta.»
JERROLD MUNDIS

«El dinero es algo muy singular. Le da al hombre
tanta alegría como el amor y tanta angustia
como la muerte.»
JOHN KENNETH GALBRAITH

Si el lector ha leído con atención todos los capítulos anteriores y ha practicado incluso alguno de los rituales que tiene por objeto buscar la riqueza espiritual, ya está en condiciones de pasar a una segunda fase de acción, en este caso a través de los rituales, ceremonias y preparados mágicos que se abordan en este capítulo.

La selección no ha sido fácil ya que, como sucede en otros temas —pero en este algo más—, contentar a todo el mundo cuando se habla de dinero es harto complejo. De todas formas, el lector encontrará en esta selección abundante documentación para intentar solucionar todos sus problemas económicos, tanto aquellos que vienen derivados de las carencias de dinero o de trabajo, como aquellos otros que tienen relación con las inversiones, los negocios o las deudas. Como no podía ser de otra manera, hemos seleccionado también otros rituales de índole genérica que nos servirán no sólo para atraer la buena suerte, sino también para alejar a los enemigos y a los envidiosos, y para cultivar la buena fortuna.

Hechizo para ahuyentar la mala suerte

Ya sabemos que la suerte no es más que la interactividad que produce nuestra vida con las vibraciones del cosmos. Todos podemos tener buena o mala suerte en un momento determinado de la vida, pero lo más importante no es que ello ocurra, sino que las fases positivas o negativas no se prolonguen más de la cuenta. Es tan interesante vivir un período de buena suerte debidamente equilibrado, en el que podamos disfrutar de lo que está aconteciendo, como relevante es que los malos períodos no se alarguen más de la cuenta haciendo mella en nuestra vida.

En el caso que nos ocupa, la mala suerte, por supuesto la vamos a centrar en el terreno de lo económico y en todo lo que deriva de él. Este ritual no está pensado para que dejemos de tener mala suerte en los juegos de azar. A veces, cuando realizamos apuestas y no obtenemos el premio, afirmamos con excesiva rotundidad «qué mala suerte que tengo», y al hacer esta «invocación» estamos generando un campo energético adverso.

La práctica mágica que vamos a desarrollar pretende que lo nefasto salga de nuestra vida, que la mala suerte que

76

tenemos al iniciar una relación laboral, un compromiso de trabajo, una inversión o una compra, no vuelva a producirse. En definitiva, estamos hablando de dinero, de que no tengamos mala suerte en aquellas acciones emprendidas o efectuadas para obtenerlo.

A través de este hechizo no nos estamos garantizando el éxito; eso sería pretender mucho. Nos estamos poniendo en sintonía para que cualquier vibración nefasta en el terreno de lo económico quede lejos de nuestra vida.

Ingredientes

- 1 limón macho (es el que tiene una protuberancia en una de sus puntas).
- Alfileres de cabeza morada.
- Sal gorda.
- 1 platito de color blanco, preferentemente de porcelana.
- Vinagre de vino.

Procedimiento

1. En primer lugar compraremos un limón macho, el mejor de todos los que encontremos en la tienda. Debe ser el más lustroso, grande y sano. Recordemos la máxima: no debemos reparar en gastos.
2. Una vez en nuestro templo, situaremos el plato de porcelana en la mesa de trabajo, después colocaremos sobre él un lecho de sal.
3. Tomaremos el limón con ambas manos al tiempo que nos concentramos en la acción que vamos a pedir, es decir, en lograr que la mala suerte se aleje de nuestra vida. Para realizar esta acción cerraremos los ojos y respiraremos profundamente dos o tres veces, ya que esta acción facilitará que la concentración sea mayor.
4. Tras el paso anterior, mientras sostenemos el limón con la mano izquierda, cogeremos los alfileres, tan-

tos como años tengamos, y procederemos a ir clavándolos en el limón de forma uniforme. Es importante que cada vez que clavemos un alfiler, digamos en voz alta.

5. Una vez que hayamos clavado todos los alfileres procederemos a situar el limón sobre el lecho de sal. Acto seguido, derramaremos sobre el fruto unas gotas de vinagre, preferentemente, tantas como años tengamos.

6. Acabado el ritual situaremos el plato en un lugar reservado dentro de nuestro armario de trabajo.

Renovaremos toda la operación cada nueve días. Para ello debemos desechar todos los materiales utilizados envolviéndolos en un paño blanco y tirándolos lo más lejos de la casa, o bien enterrándolos en un jardín o bosque.

Ceremonia piramidal para potenciar la economía

Tener más dinero no siempre es sinónimo de poder disfrutar mejor de él ni tampoco de gozar de una economía adecuada. Debemos entender que potenciar la economía en general es crear un campo de energía a nuestro alrededor, en nuestra vida y en el hogar, que nos permita vivir mejor no sólo con los ingresos que ya tenemos sino también con aquellos otros que puedan llegar.

Este ritual tiene, como puede observar el lector, dos finalidades. Por un lado, su objetivo no puede estar más claro: nos ayudará a que en la casa entre más dinero, con el que podremos trabajar mejor y hacer más cosas. Pero por otro lado, ¿de qué nos sirve ganar más si también gastamos mucho más y encima quizá lo hacemos en cosas inútiles? Para ello el ritual se configura como un gran aliado, ya que nos permite que, a partir del momento en que tengamos más dinero, seamos capaces de utilizarlo mejor.

En definitiva, potenciar la economía es un término genérico que podemos aplicar a casi todo. Dicho de otro modo, con el preparado que realizaremos seguidamente no sólo podemos tener más dinero sino también menos gastos o evitar que aquellos que son innecesarios puedan producirnos altercados o sustos financieros.

Merece la pena destacar un punto en este ritual, y es que utilizaremos para él la energía piramidal puesto que trabajaremos con una pirámide que nos servirá para poner en marcha la llamada piramidología esotérica. Aunque vamos a utilizar una pirámide de cera, no estará de más que el lector sepa que en las tiendas especializadas puede encontrar de otros tipos, como por ejemplo madera, metal, e incluso cristal de cuarzo.

La energía piramidal siempre es benéfica y, como ya indicamos en el apartado correspondiente en el que hacemos alusión a los objetos que nos pueden dar el poder o el dinero, todo el mundo debería tener en su casa una pirámide, debidamente orientada a los cuatro puntos cardinales, y colocar bajo ella una moneda de curso legal. Este simple hecho ya nos estará beneficiando para que en nuestra casa entre más dinero.

Ingredientes
- 1 pirámide de cera blanca.
- 1 puñal o daga de plata.
- 1 tapete de seda salvaje de tono naranja.
- 1 bandeja redonda de bronce.
- Claveles amarillos.
- 1 vela dorada.
- Aceite esencial de verbena.

Procedimiento

1. Nos desplazaremos a una cerería para adquirir una pirámide de cera blanca, advirtiendo que ésta tiene que tener la mínima cantidad posible de parafina. Cuanto más pura sea la cera, mejor transmitirá la magia.

2. Esperaremos a un martes que en el cielo luzca la luna creciente, y con un puñal o daga que tenga la hoja de plata grabaremos nuestro nombre y dos apellidos justo en la base de la pirámide.

El puñal de plata que utilizaremos en este paso del ritual es una alegoría simbólica al principio activo masculino. El puñal, al igual que sucede con la daga y la espada, o también con la varita del mago, traza una proyección psíquica cuando corta, pincha o graba.

Pese a que, tal y como hemos dicho, está dotado de un principio activo masculino, el puñal y la daga son femeninos. De esta manera, representan el arquetipo masculino que hay en el interior de toda mujer, es decir, actúan y pasan a la acción de una forma intuitiva, cósmica y espacial.

La espada, que también refleja el principio activo masculino, está asociada directamente con el sexo de esta misma naturaleza. Por lo tanto, cuando en magia utilizamos la espada, lo que estamos haciendo es pasar a la acción desde la perspectiva solar, o masculina, esto es, de una forma aguerrida, tosca y transformadora.

3. Tomaremos la bandeja de bronce con ambas manos y, levantándola hacia el cielo, diremos:

«Por el poder de la energía cósmica, pido a la fuerza piramidal que potencie mi economía y que jamás falte el dinero en mis arcas».

4. Depositaremos la bandeja en el centro del tapete de seda y sobre ella pondremos la pirámide rodeada de flores de claveles amarillos, prescindiendo de los tallos, en número par.

5. Todos los días pares de mes, es decir, el 2, 4, 6, 8..., y así sucesivamente hasta llegar al día 30, unciremos la vela dorada con la esencia de verbena, comenzando por la zona cercana a la mecha y terminando en la base.

6. Después pondremos la vela frente a la bandeja, receptáculo de la pirámide y de los claveles, y acompasando nuestra respiración suavemente, mientras la encendemos con una cerilla de madera, nos concentraremos en la petición, visualizando cómo nuestro deseo material surge de todas y cada una de las aristas de la pirámide, elevándose hacia el cielo.

7. Transcurrido un tiempo mínimo de quince minutos, apagaremos la vela con los dedos pulgar y corazón mojados ligeramente con saliva y cubriremos nuestra magia con las puntas del tapete, asegurándonos antes de que la vela esté fría.

8. Cuando un clavel se mustie tendremos que renovarlo por uno fresco. Y en el momento en que la vela se termine, pondremos sus restos junto a la pirámide y las flores y situaremos una nueva, repitiendo la operación de ungido.

Hechizo para lograr más ingresos

Conseguir más dinero es un objetivo que suele estar al alcance de todo el mundo. En el caso que nos ocupa se trata no de lograr la suerte en los juegos de azar ni tampoco de obtener una cuantía monetaria a través de un regalo, sino mediante el esfuerzo o las inversiones. Dicho de alguna forma, lo que hará este ritual será potenciar los conductos por los que habitualmente precisa dinero el operador.

Cuando pretendemos conseguir más dinero mediante los métodos tradicionales, como puede ser el trabajo, debemos ser ecuánimes y justos en nuestras peticiones. Nadie en su sano juicio tendría la idea de, por poner un ejemplo, pretender cobrar 3.000 euros más cada mes cuando su sueldo es de la mitad. Por ello, cuando planifiquemos el ritual debemos ser consecuentes y, por supuesto, moderados. A todos nos gustaría duplicar o triplicar el sueldo, pero la magia no es la caja de los milagros, y recordemos que la ecuanimidad es una de sus leyes.

Si pretendemos aumentar los ingresos, en primer lugar debemos establecer una valoración sobre nuestro sueldo real y ver de qué manera podríamos conseguir que se incremente. Debemos analizar si estamos en condiciones de realizar unas horas extra y quizá por ahí deberíamos enfocar la petición. Tendríamos que ver si podemos lograr más dinero manteniendo el mismo trabajo o si para ello deberíamos negociar con la empresa un cambio de ocupación o de puesto laboral.

La ecuanimidad siempre será la mejor arma mágica, por ello debemos analizar fríamente cuánto más necesitamos. Cuando sepamos la cantidad nos plantearemos si es o no justa y sólo entonces la aplicaremos en el ritual.

Ingredientes
- 1 copa de cristal tallado.
- 2 dedos de aceite de mandrágora.
- 1 dedo de agua de lluvia.
- 1 cruz de Caravaca de oro.
- 1 vela de miel.
- 1 pañuelo de brocado blanco.
- 1 cinta dorada.

Procedimiento

1. En luna creciente, a las diez de la noche (hora solar), taparemos la superficie que usemos como altar con el paño de brocado blanco, que debe estar ritualizado. Para ello, alzaremos la mano derecha y dibujaremos en el aire con ella la señal de la cruz, salpicando cada uno de los extremos del paño con sendas gotas de agua de lluvia.

2. Dentro de la copa pondremos los dos dedos de aceite de mandrágora junto al de agua, y moviendo el líquido de manera circular diremos:

«Así como el agua no tiene cabida en el aceite,
que tampoco en mi vida haya espacio para la precariedad.»

Merece la pena destacar que empleamos en este ritual el aceite de mandrágora porque se encuentra en perfecta sintonía con las fuerzas del más allá. La tradición asegura que la raíz de mandrágora, que, recordemos, tiene una forma que se asemeja a la forma humana, era una personificación de los espíritus de los lugares en los que crecía. La tradición y las leyendas aseguran que allí donde había sido ahorcado un ser humano, era habitual que naciera la mandrágora. Se decía de ella que germinaba gracias a las gotas de semen que eran expelidas o derramadas por el miembro viril del ajusticiado en su turgencia final antes de encontrarse con la muerte.

La tradición mágica también afirmaba que el semen germinador de la mandrágora poseía todo tipo de poderes capaces de obrar las más increíbles transformaciones, ya que el líquido seminal había sido poseído por entidades del mundo espiritual justo en el momento de ser expulsado por el cuerpo del finado.

3. Acto seguido, situaremos la copa en el centro del altar y dejaremos caer una a una las monedas de oro. A cada moneda diremos una de las siguientes ocho palabras:

«¡Fortuna!, ¡Patrimonio!, ¡Caudal!, ¡Pertenencia!,
¡Dinero!, ¡Prosperidad!, ¡Capital!, ¡Riqueza!,
venid a mí.»

4. En estado de relajación frotaremos la vela de miel con las palmas de ambas manos, mientras visualizamos nuestro deseo de obtener unos mayores ingresos.
5. Encenderemos la vela impregnada de nuestra energía y la pondremos frente a la copa de cristal.
6. Después introduciremos ocho veces la cruz de Caravaca en el interior de la copa repitiendo a cada inmersión las mágicas palabras ya mencionadas de:

«¡Fortuna!, ¡Patrimonio!, ¡Caudal!, ¡Pertenencia!,
¡Dinero!, ¡Prosperidad!, ¡Capital!, ¡Riqueza!,
venid a mí.»

7. Nos concentraremos unos minutos en la llama de la vela mientras visualizamos situaciones deseadas de prosperidad y mejora.
8. Transcurrido este tiempo, apagaremos la vela para volver a repetir la ceremonia, siempre a la misma hora, durante veintisiete días.
9. Pasado este tiempo guardaremos los restos en el interior del pañuelo de brocado, lo ataremos con una cinta dorada y lo tiraremos al agua en alta mar.

Encantamiento para atraer la suerte

En otro apartado del libro ya hemos indicado que la suerte, o al menos el concepto de suerte, siempre es relativo. Debemos entender que la buena suerte es aquel don que nos da la vida para alcanzar el éxito. De esta forma, la buena suerte sería el cúmulo de circunstancias que nos harían triunfar.

En el caso de la magia monetaria, la buena suerte no sólo viene de la obtención de mayores cuantías de dinero sino también de que las cosas que están relacionadas con la economía nos sean propicias. De esta forma, este ritual estará enfocado desde una perspectiva general para que la suerte nos acompañe, pero debemos ser nosotros quienes determinemos qué tipo de suerte es la que pretendemos.

El ritual que nos ocupa puede ser muy práctico para tener suerte en los juegos de azar, suerte en las inversiones, en la administración del dinero, en las compras, etc. Eso sí, lo importante es que el lector concrete al máximo su petición. De manera que en éste, como en otros casos, el lector deberá hacer un análisis general de su situación financiera a fin de determinar en qué aspecto de su vida desea la suerte.

Tengamos presente que a la hora de potenciar la suerte debemos buscar siempre el equilibrio, es decir, no podemos pretender potenciar la suerte sólo en una dirección, sino que debemos hacerlo desde un conjunto de valores y perspectivas. Recordemos que si las peticiones mágicas sólo son para potenciar nuestra suerte, estaremos cayendo en un insano egoísmo que a medio y largo plazo puede perjudicarnos.

Hay un aspecto destacable que también es muy interesante, y es que quizá ya estamos teniendo suerte pero no sabemos verla. Recordemos el concepto del merecimiento: tal vez no merecemos la suerte en los campos en que la solicitamos, pero en cambio sí la podemos obtener en otros. Conviene, como siempre, llevar a cabo una profunda reflexión antes de pasar a la acción.

Ingredientes
- 1 vela blanca.
- Aceite de bergamota.

- Canela en polvo.
- 24 cerillas de madera.
- 3 astillas de bambú.
- 1 hueso de un aguacate.
- 1 bolsa de tela de saco de color negro.
- 1 piedra de río.
- 1 pedacito de coral.
- 1 cristal de roca piramidal transparente.
- Hilo verde, dorado y negro.
- Una moneda dorada agujereada.
- Lacre rojo.

Procedimiento
Nota: Durante todo el tiempo que dure la elaboración del siguiente ritual, mantendremos el hueso de aguacate dentro de la boca.

1. Esperaremos a un jueves de luna nueva, y al atardecer prepararemos un pequeño altar improvisado. Unciremos la vela con el aceite de bergamota empezando por la mecha y terminando por su base, y la rebozaremos con la canela en polvo de la mejor calidad.
2. Encenderemos de una vez las ocho cerillas de madera y con ellas prenderemos una de las astillas de bambú, en la que habremos escrito a todo lo largo la palabra «suerte».
3. Encenderemos la vela con la astilla de bambú, nos extraeremos el hueso de aguacate del interior de la boca y lo pasaremos por la llama de la vela hasta que esté seco.
4. Tomaremos la bolsa de tela de saco de color negro e introduciremos en su interior el hueso de aguacate, la piedra de río, el pedazo de coral y el cuarzo.
5. Con los tres hilos, verde, dorado y negro, realizaremos una trenza que cerraremos con ocho nudos.

6. Seguidamente, ataremos fuertemente la bolsa y la cerraremos con nueve nudos más pasando a través de los mismos la moneda agujereada por su centro.

7. Volveremos a encender con ocho cerillas más otra astilla y quemaremos con ella el lacre justo por debajo de la moneda, sujetando el hilo sobrante.

8. Rápidamente, estando aún el lacre caliente y sin solidificar, marcaremos con la punta del tercer bambú, sobre el lacre, el símbolo de una estrella de cinco puntas o pentagrama.

9. Dejaremos la bolsa en el quicio de nuestra ventana a sol y serena por espacio de nueve días.

10. Llevaremos la bolsa mágicamente preparada durante nueve días más y, una vez transcurridos, dejaremos la bolsa en el interior de la caja fuerte o dentro del cajón en que guardamos las documentaciones y tarjetas bancarias.

Conjuro monetario para el negocio

Toda empresa, por pequeña que sea, siempre tiene tendencia a ser un cúmulo de problemas o preocupaciones. Es muy raro que las cosas funcionen a la perfección siempre. Es muy extraño que no haya problemas, ya sea con el personal, con los clientes, proveedores o incluso con el local. Por ello, en este caso, antes de pasar a la acción con el ritual, nos tocará clarificar en qué dirección necesitamos el dinero para el negocio.

Lo primero que debemos hacer es establecer una valorización de cómo están las cosas. Debemos aclarar los conceptos para saber qué funciona mal, si es que hay algo que realmente no va bien. Podría darse el caso que todo funcione bien y realmente lo que necesitemos sea mejorar determinados aspectos. Sea cual fuere el caso, antes de realizar procedimiento mágico alguno debemos clarificar qué necesitamos.

El dinero para el negocio puede proceder de la reducción de los gastos, del correcto encauzamiento de las inversiones o de la adecuada búsqueda de clientes. No podemos establecer una petición genérica que sea «quiero dinero para mi negocio». En este sentido, lo más genérico que podemos realizar es intentar que aumente la clientela ya que ésta será la parte primordial para obtener dinero. De todas formas, aunque tengamos la intención de solicitar un aumento de clientela, no podemos pasar por alto que debemos verificar también las otras áreas de la empresa.

Ingredientes
- 1 llave antigua de hierro de más de diez centímetros.
- 2 estropajos de esparto.
- Vinagre y sal.
- 50 cm de cinta delgada de raso amarilla.
- Nuestro perfume personal.
- 1 vela blanca
- 1 anillo de oro
- 1 pañuelo de batista blanco.
- 1 caja de madera de cedro.

Procedimiento
1. Tras adquirir la llave de hierro en un anticuario, la lavaremos con un estropajo de esparto impregnado con vinagre y sal.
2. Secaremos la llave con el otro estropajo de esparto y la dejaremos a la intemperie durante veinticuatro horas.
3. Untaremos la cinta de raso amarillo con nuestro perfume habitual y ceñiremos el cuerpo de la llave, a excepción de los dientes y la cabeza, terminando el envoltorio con un lazo apretado.

4. Encenderemos la vela con cerilla de madera. Pasaremos el anillo por su llama y lo insertaremos en la base de la candela.
5. Derramaremos unas gotas de la cera de la vela encima de los dientes de la llave y, así uncida, la dejaremos descansando frente a la vela hasta que ésta se haya extinguido por completo.
6. Acto seguido, envolveremos los restos de la vela, anillo incluido, junto a la llave, con el pañuelo de batista, depositando el mágico paquete en el interior de la caja de cedro.

Uno de los cedros más conocidos es el del Líbano, citado con frecuencia en el Antiguo Testamento, ya que con su madera se construyó el primer templo de Salomón.

7. Dicha caja deberá permanecer junto a la caja registradora o en el lugar donde guardamos el dinero.

Amuleto para atraer el dinero

En ocasiones no necesitamos una modificación de las inversiones, ni cobrar una herencia ni tampoco una deuda, y mucho menos un cambio de trabajo para solucionar nuestros problemas. Muchas veces, si somos capaces de dejar a un lado el egoísmo, sabemos que con una cantidad determinada de dinero solventaremos un problema o saldremos del paso. Este ritual ha sido pensado precisamente para las cantidades concretas.

Es evidente que, en magia, es un error decir «quiero más dinero» y quedarnos tan anchos. Debemos concretar al máximo la petición. Debemos saber cuánto dinero necesitamos y, lo más importante, para cuándo lo queremos y qué haremos con él. Los designios del destino son caprichosos pero también sorprendentes. Y si la petición es correcta y honesta puede que al salir a la calle tengamos una sorpresa y el dinero se nos aparezca como por arte de magia, claro que para ello habremos tenido que saberlo pedir. Recordemos siempre que debemos pedir una cantidad correcta y adecuada, que sea justa, y pedirla con determinación y autoridad pero sin imposición ni prepotencia.

En este amuleto interviene la nuez moscada, que se la relaciona astrológicamente con Júpiter, planeta que tiene fama de ser benefactor de la economía.

Ingredientes
- 1 nuez moscada.
- 1 estilete u objeto punzante.
- 1 pedacito de estaño.
- Lacre rojo.
- 1 bandejita de plata.
- 1 vela dorada.
- 1 bolsa de tela dorada.
- 1 billete de veinte dólares.
- 1 billete de veinte euros.
- 1 cadenita de oro.

Procedimiento
1. Nos dirigiremos al herbolario y adquiriremos una nuez moscada, lo más fresca y grande posible.
2. Le realizaremos un agujero con el estilete u objeto fino y punzante, hasta llegar a la mitad del fruto.
3. En el interior del agujero depositaremos, enrollado, un pedacito de estaño en el que habremos grabado con el estilete los símbolos del euro (€) y del dólar ($).
4. Sellaremos el agujero con una gota de lacre rojo y lo depositaremos encima de la bandeja de plata.

5. Encenderemos la vela dorada con una cerilla de madera y la dispondremos junto a la bandeja.
6. Dejaremos la vela encendida de manera ininterrumpida durante treinta y seis horas, renovándola cuando se consuma.
7. Cuando hayan pasado veinticuatro horas, tomaremos la bolsa dorada e introduciremos en la misma la nuez moscada envuelta en los billetes de 20 $ y 20 €.
8. A continuación, ataremos la bolsa con la cadenita de oro y la dejaremos nuevamente en el centro de la bandeja hasta que hayan transcurrido las treinta y seis horas prescritas.
9. Llevaremos el amuleto siempre encima cuidando de que no lo toque nadie ni caiga al suelo, ya que de ser así deberíamos repetir su confección.

Ritual para potenciar la suerte

Este es otro ritual que nos puede ayudar a que las cosas en general nos vayan mejor. De nuevo, como en otros casos, no se trata de pedirle al destino que nos dé todo tipo de suertes en la vida, sino que lo haga concretamente en algún aspecto de nuestra existencia que ande un tanto desequilibrado. La norma es que las peticiones de suerte, tanto propias como ajenas, sean lo más concretas posibles.

Un aspecto que deberíamos tener presente es la gratitud, de nuevo una ley mágica. La suerte no es dinero contante y sonante, sino que es un estadio, una situación, una oportunidad, y la mejor forma de saber agradecerla cuando nos llegue será tomarla y actuar en consecuencia con aquello que hemos logrado.

A veces sucede que las manifestaciones de la suerte son confusas en primera instancia. Valga como ejemplo el de aquella persona que llevó a cabo un ritual de suerte y el resultado fue que a los poco días le despidieron del trabajo. Dos días más tarde, mientras acudía a la oficina de colocación, fue atropellado por un coche. Él había pedido suerte y la tuvo: quien le atropelló resultó ser un viejo amigo de la infancia que precisamente estaba buscando un directivo para su empresa. La suerte quiso que el atropellado no padeciera gravedad alguna, que cobrase una importante indemnización monetaria a causa del accidente y que, tras reponerse, tuviera un nuevo y flamante trabajo en el que tenía un salario más alto que en aquel otro del que le habían despedido. La suerte está por todas partes, sólo debemos estar en condiciones de sintonizar con ella adecuadamente y no negarnos a su presencia cuando viene a visitarnos.

Por supuesto, este ritual nos puede servir también para potenciar todo lo referente a la suerte derivada de los juegos de azar.

Ingredientes

- 1 tapete o paño de seda natural dorada o de color crudo.
- 1 herradura usada.
- 4 velas doradas.
- 4 velas rojas.
- 4 pepitas de oro (de venta en tiendas especializadas en minerales).
- 1 botellita pequeña de cristal.
- 1 bolsa de terciopelo negro.
- 1 maceta con una hortensia.

Procedimiento

1. A plena luz del día, preferentemente a las 10 de la mañana de un día que por la noche brille la luna creciente, extenderemos el paño de seda natural sobre nuestro altar procurando que reciba el calor de los rayos solares.

Respecto a la seda, material que interviene como noble soporte en la mayoría de los rituales descritos en este libro, conviene señalar, a modo de curiosidad, que una leyenda china cuenta que la seda comenzó a tejerse en el siglo XXVII a. C., durante el reinado del emperador Huang Ti, y que fue su esposa la que curiosamente desarrolló la técnica de encanillar el hilo del gusano de seda para tejerlo. En el siglo VI d. C. fue cuando los huevos del gusano de seda se trajeron de contrabando a Occidente, pero no fue hasta el siglo XII que este tejido se popularizó en toda Europa para la confección de telas regias y lujosas.

2. Realizaremos un círculo con las ocho velas en las que previamente habremos grabado, en cada una de ellas, las palabras: Suerte, Destino, Abundancia, Éxito, Providencia, Triunfo, Patrimonio y Victoria.
3. En medio del círculo pondremos la herradura con las puntas hacia arriba y en su centro el número de lotería, boleto o papel del que dependa nuestra suerte.
4. Depositaremos las cuatro pepitas de oro formando una cruz de San Andrés, es decir, la que tiene forma de aspa.
5. Cuando las velas se hayan consumido, pondremos las pepitas de oro en el interior de la botellita de cristal y la guardaremos junto a la herradura y el boleto de apuestas.
6. Los restos de cera de las velas los enterraremos en una maceta que contenga una hortensia.

Hechizo ceremonial contra los deudores

El dicho asegura que la mejor forma de que no nos deban dinero no es tanto no prestarlo, sino hacerlo con garantías. Lamentablemente, en más ocasiones de las que nos gustaría podemos encontrarnos incluso que ni tan siquiera aquello que parecía estar garantizado lo está, y entonces acontecen los problemas.

El siguiente ritual está enfocado de forma especial para que logremos cobrar aquel dinero que un día prestamos, nada más. A un lado deben quedar los morosos o quienes nos deben dinero en general, y efectuamos esta advertencia porque una cosa es padecer los efectos de una demora, que siempre creará una serie de problemas, y otra bien distinta comenzar a tener un conflicto con las personas que no nos devuelven aquello que prestamos.

La magia no debe ser vengativa ni rencorosa, puesto que de ser así estaríamos practicando una mala magia y correríamos el peligro de crear campos de energía adversos. Debemos pues tener muy claro que no debemos realizar jamás, bajo ningún concepto, un ataque a la persona sino a la situación. La justicia cósmica ya se encargará de aplicar su orden particular sobre quienes nos deben dinero, nuestra misión tan sólo será recuperarlo.

Merece la pena insistir en que la rabia y el rencor hacia los morosos deben quedar a un lado ya que de lo contrario el desarrollo de la magia podría verse afectado y nuestra concentración seguramente no sería la adecuada. Debemos centrar toda la energía en que se nos devuelva aquello que es nuestro, nada más.

Ingredientes
- 1 papel pergamino.
- 1 palillero y 1 plumilla nueva.
- Tinta china negra.
- 1 plato de porcelana blanco.
- 3 monedas de oro.
- 1 tarro de miel de azahar.

- 1 copa de cristal rojo de Bohemia.
- Alcohol de romero.
- 3 velas negras.

Procedimiento
1. En un martes de luna creciente escribiremos en el pergamino, a plumilla y con tinta china, el nombre de la persona morosa y la cantidad que nos adeuda.
2. Pondremos el pergamino en el centro del plato y, encima de él acomodaremos las tres monedas de oro formando un triángulo, pasando a cubrirlo completamente con la miel.

La miel es un ingrediente muy utilizado en los rituales mágicos, e incluso es usado como alimento que propicia la iniciación y alimento espiritual de santos y sabios. Parece ser que en muchas etapas de su vida Pitágoras se alimentaba exclusivamente de miel porque era sabido que propiciaba el conocimiento místico, la revelación al iniciado y los bienes espirituales. La miel también es símbolo de protección y proyección. Para la tradición islámica, esta dulce sustancia es la panacea que todo lo sana, llegando incluso a afirmar que además de curar la vista y devolver la salud, es capaz de hacer renacer a los muertos.

En el Veda, denominación que recibe el conjunto de los escritos sagrados más antiguos del hinduismo, la miel es exaltada como principio de vida, fuente fecundadora y símbolo de la inmortalidad, semejante al soma y comparable al metafísico esperma del océano.

Tal y como ya hemos venido comentado a lo largo de este libro, para realizar rituales, amuletos y fórmulas potenciadoras de la economía, debemos recurrir a la mejor materia prima. En el caso de la miel, la excelencia del color y del sabor dependen de su edad y de la procedencia del néctar. Las mieles de color claro suelen ser de mejor calidad que las oscuras. Mieles excelentes muy recomendables para fines mágicos son las elaboradas a partir del azahar (flor del naranjo), el trébol y la alfalfa.

3. Pondremos la copa de cristal de Bohemia, llena hasta la mitad del alcohol de romero, junto al plato, y «velaremos» el ritual con las tres velas amarillas que lo rodearán formando la vigorizadora figura de un triángulo.
4. Nos concentraremos en la petición, visualizando a la persona deudora y, mentalmente, le requeriremos el pago de la misma.
5. Pasados unos diez minutos, apagaremos las velas con los dedos pulgar y corazón y guardaremos todo el conjunto en un lugar secreto y reservado.
6. Dicho ritual lo realizaremos cada martes durante siete semanas. No debemos cambiar el alcohol del vaso, y si se evapora nos limitaremos a añadir un poco más de líquido.
7. Es prácticamente seguro que antes de las citadas siete semanas cobremos la cantidad adeudada. Sin embargo, no debemos abandonar el ritual hasta completar la fecha prescrita, pero en vez de concentrarnos en la petición de cobro, lo haremos en la manifestación de agradecimiento.

Baño para librarnos de la mala suerte

El agua es, de los cuatro elementos, el que más vinculado está con todos los temas emocionales. De hecho, es el mejor conductor de las emociones y la suerte: tanto la buena como la mala tienen una gran relación con este campo. A través de este ritual vamos a trabajar tanto la purificación del cuerpo como de la energía para que logremos que los malos efluvios y las situaciones adversas, en lo que a la economía se refiere, se alejen de nuestra vida de una forma rápida.

Como la mala suerte, al igual que la buena, la viviremos muy intensamente de forma emocional, debemos hacer lo posible por no dejarnos llevar por situaciones de desesperación cada vez que sobrevenga un problema, sino intentar ser cuanto más constructivos mejor. Tenemos que procurar también no pensar en negativo ni anticiparnos a los acontecimientos para que no terminemos por proyectar negatividad o mala suerte allí donde por el momento no la hay.

Ingredientes
- 7 velas blancas.
- 1 prenda interior.
- 7 rosas blancas.
- 1 copa de aguardiente de caña.
- 1 olla o caldero de bronce.
- 3 litros de agua de una fuente que esté cerca de un cruce de caminos o de un monasterio.
- 1 recipiente hondo de cristal.
- 7 palos de canela de Ceilán.
- 7 pedazos de azúcar candé.
- 1 pedacito de jabón puro de coco.
- 1 lienzo de algodón o gasa fina.
- Aceite y alcohol de romero.

Procedimiento
Este sencillo ritual lo llevaremos a cabo todos los viernes de luna llena y creciente, alumbrados por las siete velas blancas que, una vez utilizadas, guardaremos envueltas con una prenda interior en un cajón del dormitorio cercano a la cabecera de la cama.

1. Cortaremos siete rosas blancas de jardín, ya que son más fragantes que las que se comercializan normalmente, de invernadero. Separemos la flor del tallo y a éste le extraeremos todas las espinas.

Las rosas son las flores mágicas más utilizadas en Occidente, equiparables al loto asiático. En la India la figura de la rosa representa la perfección y la realización sin faltas u omisiones, cuya contemplación comparan a un mandala o centro místico. En la iconografía cristina la rosa representa tanto las llagas como el cáliz que recoge la sangre de Jesús.

Tanto las rosas rojas como las blancas son las flores, junto a la de lis, preferidas de los alquimistas; no en vano muchos de sus tratados llevan por título *Rosales de los filósofos*. La mayoría de las rosas alquímicas tienen siete pétalos y cada uno de ellos evoca a un metal o a una operación alquímica.

Los rosacruces tienen como símbolo la figura de cinco rosas, una para cada brazo de la cruz más otra en su epicentro.

2. Situaremos las siete rosas en el interior del recipiente de cristal y las rociaremos con la copa de aguardiente.
3. Pondremos a hervir en el caldero de bronce los tres litros de agua junto a los tallos de las rosas troceados, todas las espinas, la canela, el azúcar moreno y el pedacito de jabón de coco del tamaño de una uña.
4. Transcurridos quince minutos de ebullición bajaremos el fuego al mínimo y derramaremos en el caldero el contenido del cuenco de cristal, es decir, las flores junto al aguardiente.
5. Dejaremos cocer durante una hora y, pasado este tiempo, apagaremos el fuego y lo dejaremos reposar hasta que esté tibio. Acto seguido, colaremos la mágica cocción con un lienzo de algodón.

6. Nos trasladaremos al baño y, tras la ducha habitual, derramaremos el filtro por todo el cuerpo, menos la zona de la cabeza, procediendo a secarnos al aire, es decir, sin utilizar la toalla.
7. Finalmente, nos daremos un enérgico masaje circular con una mezcla hecha de tres partes de aceite de romero y una de alcohol de la misma planta.

Ritual para mejorar la economía

Éste es un ritual que ha sido diseñado específicamente para conseguir que el dinero nos cunda más. Es evidente que al llevarlo a cabo podemos efectuar peticiones que estén vinculadas con la obtención de mayores cuantías de dinero, pero el concepto que nos debe quedar claro es que a través del ritual lograremos un mejor uso del dinero: seguramente gastaremos lo mismo pero lo emplearemos en temas más útiles, obteniendo al fin una rentabilidad.

Ingredientes
- 8 granos de mostaza negra.
- 1 recipiente redondo de cobre.
- 8 hojas de laurel.
- 8 monedas o anillos de plata.
- 8 gotas de limón.
- 8 granos de sal gorda.
- 1 paño de lana blanco

Procedimiento
1. Dispondremos los ocho granos de mostaza en el fondo del recipiente de cobre y cubriremos las semillas con las hojas de laurel.

En el mercado existen varios tipos de mostaza, aunque las más comunes son la blanca y la negra. Las semillas de mostaza más fuertes y mágicamente más potentes se obtienen de esta última, *Brassica nigra,* y se especula que muy probablemente sea ésta la planta de gran tamaño citada en la Biblia, que ahora crece en Israel hasta alcanzar los cuatro metros de altura. Las semillas de mostaza liberan su sabor picante cuando se mojan.

2. Encima de cada hoja pondremos una alianza lisa de plata o, en su defecto ocho monedas del mismo material.
3. Salpicaremos el conjunto con ocho gotas de zumo de limón y ocho granitos de sal gorda.
4. Colocaremos el conjunto en un lugar alto de la casa o negocio, y todos los días 1 y 15 de cada mes renovaremos la mostaza y el laurel, envolviéndolos en un paño de lana y enterrándolos al pie de un roble.
5. Al repetir la magia, renovaremos los materiales desechados pero mantendremos siempre las mismas alianzas o monedas.

Sencillo ritual para atraer la fortuna

No todos los ceremoniales mágicos que tienen por objeto atraer la fortuna nos servirán para lograr el mismo «tipo» de fortuna. En el caso que nos ocupa, es un ritual que combina a la perfección la vertiente espiritual con la puramente material, ya que al ponerlo en práctica nos hará más afortunados en general, logrando que nuestra vida y, por extensión, nuestras formas de proceder, sean más enriquecedoras.

Ingredientes
- 1 bandeja de cobre, bronce o madera noble.
- 1 tapete de hilo blanco.
- 1 incienso de sándalo.
- 3 limones machos (como ya he comentado en alguna otra receta, son los que parece que tienen una protuberancia en una de sus puntas).
- 12 agujas con la cabeza blanca o de perlita.
- 12 monedas agujereadas (como las antiguas de 25 pesetas).
- 1 vela de miel rebozada con vainilla en polvo.

Procedimiento
1. Pondremos el tapete encima de la bandeja y lo «ahumaremos» o, lo que es lo mismo, lo pasaremos por el humo del incienso.
2. En cada uno de los limones clavaremos cuatro agujas, en las que habremos insertado una moneda agujereada, de manera que quede la piel del limón tocando la moneda y ésta a su vez rozando la cabeza de la aguja.
3. Tras repetir la operación con cada uno de los tres limones, los pondremos formando un triángulo en medio de la bandeja.
4. Tras pasar la vela por encima del humo del incienso, la frotaremos entre ambas manos al mismo tiempo que nos concentramos en la petición de bienestar y fortuna.
5. Rebozaremos la vela con la vainilla en polvo y la dispondremos centrada en medio del triángulo formado por los limones.
6. En estado de recogimiento, diariamente durante un mes natural, antes de acostarnos y después de levantaros por la mañana, encenderemos la vela y reflexionaremos durante un mínimo de diez minutos sobre

nuestra petición y los motivos que impulsan nuestro deseo.

7. Mientras, iremos visualizando qué haremos cuando nuestro deseo de fortuna se cumpla y en qué emplearemos los beneficios.

8. Pasado el tiempo prescrito, apagaremos la vela y guardaremos todo el conjunto en el interior de una alacena o cajón de nuestro dormitorio.

Ritual para acelerar un pago

No debemos confundir la aceleración ritual de un pago con la devolución de una deuda. En este caso, aunque el ritual tiene una relación bastante directa con los candidatos a morosos, lo que estamos haciendo es intentar que la energía de la magia acelere un proceso y evite de este modo que el que de momento es deudor acabe por convertirse en un moroso.

Este tipo de ritual tiene la ventaja de que genera una influencia directa sobre quien tiene que realizar el pago, produciendo en él una aceleración, al tiempo que le impide que lleve a cabo acciones que para nosotros podrían resultar perjudiciales.

Ingredientes

- 1 patata de buen tamaño.
- Agua de mar.
- 1 cuchillo afilado con el mango de asta.
- 4 alfileres de cabeza roja y 4 más de cabeza negra.
- 1 puñado de sal gorda.
- 1 pañuelo de raso de color amarillo limón.
- 1 puñado de sal fina, otro de pimienta negra molida y uno más de clavos de olor también molidos.

Procedimiento

1. Lavaremos la patata con el agua marina y la secaremos bien dejándola al sol.
2. Una vez que la piel esté seca, escribiremos sobre ella, auxiliados de la punta del cuchillo, el nombre de la persona que tiene la deuda con nosotros y la cantidad que debemos cobrar.
3. Prepararemos un altar con el pañuelo amarillo y realizaremos un círculo con la sal.
4. Insertaremos los ocho alfileres de manera que el tubérculo se sujete en pie centrado en medio del círculo de sal, y derramaremos una mezcla hecha a partes iguales con sal fina, la pimienta y los clavos de especia.
5. Nos concentraremos delante del altar durante diez minutos visionando el nombre y la imagen del moroso.
6. Si cuando la patata empiece a arrugarse y a retoñar o entallecer aún no hemos cobrado la deuda, envolveremos el completo de la magia en una bolsa de plástico negra y la tiraremos a un vertedero de las afueras del pueblo o de la ciudad en la que vivimos
7. Esperaremos a que en el cielo luzca la luna negra y volveremos a repetir la ceremonia al completo.

Fumigación para romper una mala racha

La secuela más bien definida de lo que puede ser un posible período de mala suerte es lo que llamamos mala racha. Desde un punto de vista gráfico, la mala racha sería algo así como la concatenación de una serie de hechos adversos que nos están perjudicando en el sentido económico, que es el que nos ocupa.

La producción de una mala racha siempre suele venir acompañada de otro tipo de actividades. No tenemos buen humor, se produce un cambio en nuestro esquema emocional y estamos especialmente sensibles al tiempo que predispuestos a cometer equivocaciones, lo que podría provocar que, además, la mala racha se incremente y acabe por tornarse en un período de mala suerte mucho más largo.

Lo primero que debemos hacer cuando detectamos que estamos viviendo una mala racha es no prestarle más atención que la justa. Debemos desestimar pensamientos o cábalas que a nada conducirán y tomarnos las cosas con naturalidad. Debemos entender que pasamos por un período poco agraciado pero nada más; de momento la desgracia no está en nuestra vida. No olvidemos que cuando pensamos también estamos llevando a cabo una sutil magia, por lo tanto, ante una mala racha, además de los rituales mágicos, lo aconsejable es el pensamiento creativo y armónico.

Ingredientes
- 1 recipiente de hierro colado con asa.
- Agua, sal y vinagre.
- 2 carbones.
- Cerillas de madera.
- 1 cucharada de alcohol de romero.
- 1 cucharada de incienso litúrgico en grano.
- 1 cucharada de ruda.
- 1 de anís estrellado
- Las pieles de cuatro ajos morados.
- 1 piel de lima rallada.

Procedimiento
1. Cuando despunte el día de todos los martes y al anochecer de todos los domingos primeros de mes, tomaremos el recipiente de hierro colado y, tras lavarlo con agua, sal y vinagre, lo dejaremos secar introduciéndolo en el horno.

2. Cogeremos el recipiente con sumo cuidado de no quemarnos, protegiéndonos las manos con guantes específicos o paños acolchados, e introduciremos los carbones en el centro del receptáculo.
3. Humedeceremos los carbones con el alcohol de romero y les prenderemos fuego con las cerillas de madera.
4. Cuando la llama de los carbones haya desaparecido, pero éstos estén al rojo vivo, derramaremos sobre ellos el incienso, la ruda, el anís, las pieles de ajo y la ralladura de la lima.

Con respecto a la ruda, planta bruja por excelencia, está documentado que desde el siglo I d. C. sus semillas, con forma de riñón o media luna, ya eran empleadas con fines mágicos y curativos por los romanos.

Toda la planta desprende un olor muy peculiar y un sabor un tanto picante. Crece en lugares secos y rocosos, pero también en las proximidades de los huertos en que se cultiva. La ruda es muy tóxica y tiene propiedades abortivas. Además, es una planta que en numerosas personas, cuando llega el verano y florece, suele producir alergias dérmicas con erupciones que tardan en desaparecer.

La tradición mágica afirma que si tenemos en casa una ruda y nos visita una persona indeseable, la planta se seca. Los druidas la utilizaban para lograr estados modificados de la conciencia ya que conocían sus propiedades alucinógenas.

5. Nos pasearemos por toda la casa, procediendo a purificarla con el humo resultante y, cuando el compuesto haya ardido por completo, enterraremos los restos en una planta crasa que tendremos junto a la puerta de entrada.

Talismán para la buena suerte

Un talismán es un objeto que ha sido preparado y cargado para que funcione a distancia transmitiendo una serie de intenciones energéticas. Los talismanes pueden confeccionarse con muchos elementos y contener desde porciones de animales o plantas hasta minerales, pasando por todo tipo de esencias aromáticas. En sí, la esencia del talismán reside en la energía con que ha sido cargado y en las recargas sucesivas que realiza su poseedor.

Un talismán es un objeto que está vivo, por lo tanto no debemos conformarnos con saber que los hemos fabricado y que está trabajando para nosotros. Debemos ir más allá y mirarlo y tocarlo con cierta periodicidad para que con la fuerza de nuestra energía siga emanando su propia fuerza.

Ingredientes
- 30 cm de papel de aluminio.
- 1 mortero de mármol y una mano de mortero de madera.
- 8 granos de pimienta negra.
- 8 granos de pimienta rosa.
- 8 granos de pimienta verde.
- 1/2 nuez moscada rallada.
- 1 cucharada de sal gorda.
- 1 puñado de hojas de albahaca.
- 1 cucharilla de plata.
- 5 hojas de perejil rizado.
- 1 bolsón de terciopelo verde.

Procedimiento
1. Tomaremos 30 cm de papel de aluminio de un rollo nuevo y lo doblaremos sobre sí mismo.
2. En el mortero pondremos toda la pimienta, la nuez moscada, la sal y la albahaca, y lo machacaremos todo

junto hasta que se forme una pasta de un bonito color verde.

3. Recogeremos la densa papilla vegetal y la depositaremos en el centro del papel de aluminio, colocando en la superficie de la pasta las cinco hojas de perejil fresco.

El perejil es una planta que pertenece a la familia de las umbelíferas y que puede llegar a sobrepasar el medio metro de altura. Se podría escribir un libro hablando sólo de la magia del perejil y de las múltiples supersticiones y leyendas que se refieren a él. Se dice, por ejemplo, que las brujas lo masticaban justo antes de salir de los aquelarres para disimular su hediondo olor bucal tras haber besado al diablo, y que lo escupían al salir del recinto para que se perdiera la pista del lugar en el que habían estado.

4. Cerraremos el paquete en cuatro para que nada se escape y lo introduciremos en el bolsón verde.
5. Llevaremos el paquete encima y lo renovaremos cada miércoles.

Sellos ígneos para proteger de robos la casa

La casa es el reducto mágico por excelencia, o al menos debería serlo. Es el refugio, el lugar donde podemos disfrutar de nuestra intimidad, el universo donde plasmar las ideas y desde el cual darles proyección. Pero todo este mundo, en apariencia tan tranquilo, apacible y protegido, en ocasiones se torna hostil... El mal ambiente, las discusiones o las averías pueden hacer que nuestro castillo encantado se convierta en la cueva del ogro.

Debemos hacer lo posible por mantener el hogar seguro, pero no sólo desde el punto que nos ocupa, es decir, a salvo de los enemigos de lo ajeno. Debemos intentar que esté seguro en lo que se refiere a la intromisión de energías hostiles que puedan hacer de nuestra casa un infierno.

El ritual que nos ocupa tiene dos utilidades, a cuál más práctica. Por un lado, nos ayudará a evitar los robos y, por tanto, la pérdida de dinero. Y al mismo tiempo nos servirá como protector de los llamados perturbadores psíquicos del hogar, es decir, nos servirá para que en la vivienda se respire un ambiente agradable y armónico energéticamente hablando.

Ingredientes

- 1 vela negra por cada estancia de la casa.
- Tantas palmatorias en forma de platillo como velas empleemos.
- Esencia de pino.
- 1 puñado de flores de ruda por cada estancia de la casa.
- Pimienta negra en grano.
- Sal gorda.
- 1 molinillo de madera para moler pimienta.

Procedimiento

1. En primer lugar, calcularemos el número de habitaciones o espacios que hay en la casa, incluyendo cocina, cuartos de baño, terrazas, lavaderos, parios, balcones, jardín, etc.
2. Compraremos tantas velas negras como espacios dispongamos, cuidando de que las mismas sean de una excelente calidad, es decir, de cera virgen tintada con pigmentos naturales.

A decir verdad, el color negro, lejos de ser un tono maléfico, cuando se utiliza con buenos fines es el ideal para absorber todo tipo de negatividades, devolviéndolas al lugar de origen y preservando y protegiendo al portador.

3. Unciremos cada vela con esencia de pino y, tras insertarla en su palmatoria correspondiente, la pondremos en cada una de las ventanas. Si la habitación o estancia no dispone de ventana, la situaremos junto a la puerta.
4. En el interior de la palmatoria, que recordemos tendrá forma de platillo, rodearemos la vela con las flores de ruda, y encima de todo el conjunto moleremos la sal y la pimienta negra mezcladas.
5. Encenderemos siempre las velas al levantarnos y media hora antes de acostarnos.

Nota: reforzaremos la magia si depositamos un medallón de cera procedente de las velas negras utilizadas, debajo de cada uno de los teléfonos de la casa y otro más en el interior del buzón para que ni las estafas telefónicas o comerciales nos alcancen. Por supuesto, si disponemos de ordenador, también pondremos encima de la torre otro medallón de cera para que los indeseables tampoco alteren nuestro funcionamiento cibernético.

Conjuro egipcio para mejorar los ingresos de un comercio

Un negocio siempre debería ser sinónimo de beneficios, pero lamentablemente no siempre es así. El negocio es la práctica compleja de un equilibrio entre los gastos y les beneficios. En el caso que nos ocupa, este ritual no está diseñado ni para controlar los gastos ni para obtener más rentabilidad a la hora de ejecutar las acciones propias del negocio, sino que está pensado para obtener más dinero. Por lo tanto, podemos enfocarlo en dos direcciones: aumentar la producción o los trabajos para los clientes que ya tenemos, o bien solicitar mágicamente que nos aumenten los clientes.

Dejamos en manos del lector la petición que considere más adecuada, sabiendo que tanto una como otra pueden llevarse a cabo con este ritual, eso sí, teniendo la precaución de no hacer las dos a la vez.

Ingredientes
- Papel de barba blanco.
- 1 cruz egipcia (cruz ansada) de oro.
- 8 granos de trigo.
- 8 lentejas.
- 8 flores de lavanda.
- 1 flor o botón de eucalipto.

Procedimiento
1. Deberemos realizar un cono o cucurucho con el papel de barba y en su interior dispondremos de todos los elementos descritos como ingredientes.
2. Plegaremos el cono sobre sí mismo y lo dejaremos en el interior de la caja registradora.
3. Cada sábado por la noche dejaremos, al cerrar la tienda, el paquetito en el exterior de la caja, volviendo a introducirlo en ella el lunes al incorporarnos al trabajo.

Ritual floral para atraer la fortuna

Éste es otro de los muchos rituales que pueden resultar interesantes para potenciar todo lo relativo a la suerte en general y la fortuna en particular. Las flores son entidades vivas, cuya energía permanece latente largo tiempo incluso cuando han sido cortadas, por ello más allá del ritual que describiré, debemos saber que si tenemos flores frescas en nuestro altar éstas pueden ser utilizadas como mediadoras de nuestros deseos siempre que lo consideremos necesario.

Ingredientes
- 1 jarrón negro de porcelana.
- 1 cucharada de azúcar.
- 1 gota de amoniaco.
- 1 amatista.
- 1 pequeña pirita.
- 1 canto rodado o piedra redonda de río.
- 1 clavo de hierro.
- 1 piedra imán.
- Agua mineral.
- 1 número par de flores amarillas.

Procedimiento
1. Pondremos en el fondo del jarrón todos los ingredientes, a excepción del agua y las flores.
2. Compraremos en un puesto callejero flores amarillas que sean olorosas. Las dispondremos en número par en el jarrón, y lo llenaremos con agua mineral.
3. Diariamente, renovaremos el agua y cortaremos medio centímetro el tallo de las flores.
4. Cuando estén mustias, lavaremos concienzudamente tanto el jarrón como el resto de los ingredientes y renovaremos la magia.

Ritual para que nunca nos falte lo imprescindible

Todos, de una forma u otra, sabemos qué es lo que necesitamos en nuestra vida y en nuestra casa. Es evidente que hay

elementos que son de segundo orden, es más, seguro que podríamos incluso prescindir de muchos de ellos. De la misma
forma, hay necesidades imperiosas en el sentido económico y
en el material, necesidades que no podemos eludir. Por tanto, como vemos, lo imprescindible siempre será totalmente
subjetivo e individual, y he aquí donde radica la gracia de
este ritual: en saber escoger.

El lector tiene un complejo trabajo por delante: deberá
determinar qué es lo esencial en su vida. Deberá determinar
qué valores monetarios y económicos necesitará para que no
le falte nada de lo imprescindible, y cuando lleve adelante el
ritual deberá tener presentes todos esos valores para poder
solicitarlos al poder de las fuerzas cósmicas.

Ingredientes
- 1 pan redondo cocido con leña.
- 300 g de sal fina.
- 1 medalla o moneda de oro.
- 1 ramillete de hierbabuena.
- 1 puñadito de trigo.
- 1 cesto de mimbre.
- Un manojo de espigas de trigo en un número que sea
  múltiplo de siete (7, 14, 21, 28, 35, etc.)

Procedimiento
1. Compraremos, en un horno artesano, un pan redondo
   que pese más de medio kilo, que esté elaborado con
   harina integral y haya sido cocido en horno de leña.
2. Haremos una apertura en la parte superior del pan,
   de manera que nos quede como una tapa.
3. Tomaremos un buen pellizco de la miga del pan y la
   mezclaremos con 300 g de sal común, la moneda de
   oro, un ramo de hierbabuena recién picado y el puñado de trigo.

4. Hecha la mezcla, le daremos forma de bola y rellenaremos con la misma el interior del pan, tapándolo a continuación con el pedazo reservado.

5. Este pan deberá situarse en el centro del cestillo de mimbre y rodearse de espigas, colocándolo cerca de donde esté la fuente de alimentos de la casa.

Ritual para acelerar la venta de una propiedad

Tener un bien inmueble a la venta y ver cómo pasan los días y nadie pregunta ni se interesa por él, es sin lugar a duda descorazonador. De entrada debemos valorar que muchas veces vendemos simplemente por especulación, pero en ocasiones la venta no es sino una cuestión de emergencia: necesitamos liquidez.

A través de la siguiente actividad mágica podemos hacer que el tiempo transcurra con mayor celeridad y, por tanto, más a nuestro favor con la consiguiente ventaja que ello puede suponer. Por supuesto de cara a realizar una venta debemos tener en cuenta si el precio que estamos solicitando es el adecuado o está por encima de la realidad, si estamos llevando a cabo la promoción necesaria para vender el producto, etc.

Ingredientes
- 1 fotocopia de la documentación que certifique la propiedad que deseamos vender, ya sea de un coche, un local, una casa o un negocio.
- Tinta roja.
- 1 funda blanca de almohada que se pueda cerrar.
- 1 lavadora.
- 1 silla baja.
- Hojas de laurel y romero.

113

Procedimiento

1. Escribiremos en tinta roja nuestro deseo de venta en el dorso de la fotocopia que certifique la propiedad, añadiendo, además, la cantidad por la que deseamos realizar la venta y una fecha realista para su ejecución.
2. Introduciremos la fotocopia en la funda de cojín y la depositaremos en el interior de la lavadora, conectando un programa de centrifugado largo.
3. Mientras, sentados cómodamente delante del electrodoméstico, nos concentraremos en la petición, visualizando el momento de la venta.
4. Cuando haya terminado el programa, extraeremos las fotocopias y procederemos a quemarlas, tomando las debidas precauciones, en una pequeña hoguera improvisada hecha a partir de hojas de laurel y romero.
5. Las cenizas las tiraremos a la puerta de la vivienda, negocio o vehículo del que deseemos desprendernos.

Ritual de fumigación para la prosperidad en el hogar

Fumigar es un término que bien podría ser sinónimo de purificar. Cuando realizamos una fumigación del tipo que sea, en realidad lo que estamos haciendo es crear un ambiente propicio para nuestros fines a través del humo.

En el caso que nos ocupa debemos considerar como aspecto muy importante que cuando llevamos a cabo la fumigación, además de estar purificando o limpiando nuestra casa, lo que hacemos es dotarla de una energía complementaria que tiene la finalidad de dar prosperidad. No entraremos en los múltiples matices que podríamos darle al término prosperidad, pero lo que sí debe tener claro el operador es que aunque haya estancias que parecen ser más importantes que otras, cuando fumigamos todas tienen la misma relevancia. Efectuamos esta aclaración porque casi siempre se parte de la base de que el salón, que de hecho es el centro neurálgico de la casa, es la habitación principal de una vivienda cuando en realidad, desde el prisma de lo mágico, no es así.

Recordemos que la prosperidad que buscamos para el hogar afectará a sus habitantes, pero que en este ritual los contemplamos como una unidad, de manera que no debemos caer en el error de hacer peticiones que beneficien más a unos que a otros. La magia está dedicada a todos los habitantes, con independencia de quién sea el núcleo o centro más importante, ya que si llega la prosperidad beneficiará a todos por igual.

Ingredientes
- 1 recipiente con el asa aislante (para no quemarnos).
- 2 carbones.
- Vodka.
- 2 cucharadas de cardamomo molido.
- 2 de café molido.
- 2 de nuez moscada molida.
- 2 de ralladura de naranja.
- 2 gemas o brotes de pino.
- 1 cono de incienso de clavel.

Procedimiento
1. Debemos realizar este ritual por la mañana, todos los domingos primeros de mes y el primer día de cada luna creciente.
2. Pondremos en el cazo con asa aislante los dos carbones, que encenderemos con unas gotas de vodka y una cerilla de madera.
3. Encima de los carbones iremos derramando paulatinamente todos los ingredientes, cono de incienso incluido.
4. Cuando humee considerablemente, pasearemos la fumigación por todas las habitaciones de la casa, ha-

ciendo hincapié debajo de los muebles y en cada una de sus esquinas.

Baño ideal para acudir a una entrevista de trabajo

Asistir a una entrevista laboral siempre es un tránsito más o menos complejo. Puede que la entrevista sea para mejorar nuestra carrera laboral o tal vez para aumentar los ingresos, pero puede suceder también que estemos buscando un trabajo porque nos hemos quedado sin el que teníamos o porque allí donde desempeñamos nuestras funciones laborales ahora no estamos a gusto. Estos matices son muy importantes ya que en función de cuál sea el motivo real por el que estamos buscando el trabajo, variará nuestro estado emocional. Desde luego está mucho más tranquilo quien no tiene nada que perder que la persona que necesita aferrarse a un trabajo, sea cual sea.

El agua siempre es un elemento relajante porque está directamente conectada con el plano de lo emocional. En el caso que nos ocupa, además de relajarnos y eliminar de nuestro ser todo tipo de influencia negativa, servirá para potenciar nuestro bienestar, seguridad y fuerza psíquica, condiciones que deberemos utilizar y tener a pleno rendimiento en la entrevista de trabajo.

El lector no debe olvidar que durante el desarrollo del ritual no deberá caer en el error de tener pensamientos sobre cómo puede desarrollarse la entrevista, y tampoco puede permitir que sus pensamientos de dudas o temor se manifiesten en el ejercicio.

Ingredientes
- 1 hoja grande de Aloe vera.
- 15 nueces.
- 1 mortero.

- 1 recipiente de cristal con tapa.
- 2 vasos de agua destilada.
- 1 papel amarillo.
- 1 pequeña cinta amarilla.

Procedimiento
1. Estableceremos una cita laboral y, dos días antes, trocearemos la hoja o penca de Aloe vera y descascarillaremos las nueces.
2. Pondremos ambos ingredientes, a excepción de un pedacito de penca y media nuez, en el mortero, y los machacaremos hasta formar una textura pastosa.
3. Pondremos la pasta en el interior del recipiente de cristal, lo bañaremos con el agua destilada y lo dejaremos tapado 24 hors a sol y serena.
4. Transcurrido este tiempo, pondremos un cazo al fuego y derramaremos en su interior el Aloe vera y las nueces junto al agua en la que han reposado.
5. Lo dejaremos hervir 15 minutos y procederemos a colarlo derramando el líquido en el interior de la bañera llena de agua caliente.
6. Nos introduciremos en el interior de la bañera hasta que notemos que el agua empieza a enfriarse.
7. Asistiremos a la entrevista con un pedacito de Aloe vera y la media nuez pelada envueltos en el papel amarillo, atado con una cintita del mismo color.

Ceremonia para que la economía renazca en la familia

Con independencia de quién aporta más dinero a la economía doméstica y, por supuesto, más allá de si hay una, dos o varias personas aportando dinero en casa, debemos entender que la familia es un vínculo, algo así como una sociedad establecida sobre los principios de la ética y las emociones afectivas; por lo tanto, cuando hablamos de dinero para la familia nos referimos a un conjunto. Estos valores deben estar muy presentes en nuestra mente cuando llevemos a cabo este ritual.

Otro aspecto a resaltar es que el ritual que nos ocupa no está pensado para evitar gastos ni para solventar el pago de deudas, ni tampoco para que tengamos más ingresos. Su objetivo es canalizar todo lo que parece estar fuera de cauce para que todas las cosas vayan mejor en un sentido general. Pese a esta generalización, lo que sí es importante es que sepamos priorizar nuestras necesidades y que hagamos un esfuerzo por pensar en las cosas que están funcionado bien y en aquellas otras que se están manifestando de forma inarmónica. Tener en cuenta estos valores nos servirá para que, cuando solicitemos mágicamente un reequilibrio económico, sepamos hacia qué zonas es más importante lanzar la energía.

Ingredientes
- 1 camelia.
- 1 bolsa de tela de esparto o saco.
- 1 joya personal de oro que tenga una pequeña piedra preciosa (zafiro, rubí, brillante, diamante, etc.).
- 1 imán y virutas de hierro.
- 1 rama de hiedra que tenga prendidas 3 hojas.
- 1 cucharada de polvo recogido en el interior de la casa (suelo, muebles, persianas o ventanas, etc.).
- 1 bolsa de plástico negra.
- 1 planta trepadora de hoja perenne.
- Flores de manzanilla.

Procedimiento

1. Pondremos la camelia en el cajón donde guardamos los documentos bancarios y, pasados cuatro días, la dejaremos toda la mañana al sol.
2. Al atardecer del mismo día, coseremos una bolsa de tela de saco y en su interior pondremos todos los ingredientes, incluyendo la flor.
3. Envolveremos la bolsa de tela en otra bolsa de plástico negra y la enterraremos en una maceta que contenga la planta trepadora.
4. Regaremos la planta con la periodicidad habitual añadiendo al agua una taza de infusión de manzanilla.

Cómo proteger el negocio de robos

Sin lugar a dudas, no hay peor desgracia que montar un negocio o intentar que salga adelante y encontrarnos con que un día, sin más, lo hemos perdido todo o, incluso sin llegar a tal extremos, ver que a causa de un robo hemos perdido información vital para nuestro buen funcionamiento.

Al margen de los sistemas de seguridad que deberíamos instalar en todo negocio, como alarmas y sistemas de prevención de delitos, debemos tener en cuenta que modernamente los ladrones ya no llegan por la puerta o por la ventana, sino que lo hacen a través del cable telefónico, es decir, por internet.

Las noticias que aluden al saqueo de equipos informáticos, lamentablemente, están cada vez más en las primeras páginas de los diarios. Es evidente que el lector puede pensar que ello no le sucederá nunca a su empresa o en su casa, pero hay que estar protegidos. Puede que en nuestra casa o pequeño negocio no entre un ladrón de alto rango cibernéti-

119

co, pero sí puede hacerlo un virus o incluso colarse algún que otro indeseable que a partir de su acción pueda operar con nuestras cuentas bancarias.

El ritual que nos ocupa nos ayudará a proteger todo el negocio en general de los robos. De todas formas no estará de más que actuemos de forma pormenorizada. Dicho de otro modo, debemos proteger todo, desde el local hasta las oficinas, pasando por el equipo informático, y ello supondrá repetir el ritual tantas veces como sea necesario, variando en cada caso las peticiones que efectuemos.

Merece la pena resaltar que una cosa es el robo en el negocio por parte de extraños y otra es que tengamos personas cercanas que estén vinculadas a él y que nos quieran mal. Si este fuera el caso, este ritual deberá reforzarse con peticiones sobre la proyección y alejamiento de los enemigos.

Ingredientes
- 1 espejo.
- 1 litro de agua salada.
- 1 puñado de verbena, uno de violetas y otro más de hierba luisa.
- 1 taza de vinagre de manzana.
- 1 paño blanco.
- 1 papel de arroz y tinta roja.
- 1 bolsa de seda negra.
- Unos cuantos cabellos del propietario del negocio.
- 15 semillas de manzana.
- Cinta adhesiva.
- Lacre rojo.

Procedimiento
1. En primer lugar, colocaremos un espejo de cualquier medida enfocado a la puerta de entrada de la casa o negocio.

2. Seguidamente, pondremos a hervir un litro de agua con todas las hierbas y el vinagre de manzana.
3. Pasados quince minutos, colaremos la mezcla. Con el resultado, y ayudados de un paño blanco, limpiaremos el espejo, dejándolo secar al aire.
4. En el papel de arroz dibujaremos un círculo, y en su interior escribiremos el nombre de la empresa junto al de su propietario, que será posiblemente el nuestro.
5. Introduciremos el papel dentro de una bolsa negra, junto con las semillas de manzana y los cabellos.
6. Pondremos la bolsa detrás del espejo y la pegaremos con cinta adhesiva en el centro de una cruz que habremos realizado fundiendo lacre rojo.

Ceremonial para inaugurar una casa

Ya sea que se trate de una casa de compra o de una de alquiler, no debemos perder de vista que en ambos casos estamos hablando de una inversión, tanto de tiempo como de dinero e ilusiones. En el caso de la casa de compra, por supuesto, la inversión todavía será mayor y, con independencia del volumen de reformas que pretendamos hacer o que sea necesario llevar adelante, lo que debemos evitar a toda costa es entrar con mal pie en la vivienda.

Por lo que se refiere a las casas de alquiler y las de compra de segunda mano, hay un punto trascendental que debemos considerar: el poso de los antiguos moradores. Todos, cuando estamos en una casa, desprendemos nuestra energía, que se materializa en la decoración de la casa, en los colores con que hemos empapelado, pintado o decorado los ambientes. El poso o residuo energético estará por todas partes, y debemos tener especial cuidado con los dormitorios y con el salón.

Respecto de los dormitorios, recordemos que pasamos en ellos una tercera parte de nuestro tiempo y que son los lugares en los que nuestra mente liberada a través del sueño fluye con sus miedos, temores, secretos y preocupaciones. Es evidente que lo bueno también surge al transcurrir el sueño, pero ello no debe preocuparnos. Lo verdaderamente trascendental es el poso energético negativo que puede haber en un dormitorio.

Por lo que se refiere al salón, tengamos en consideración que es el lugar donde se reúne la familia, pero también allí donde se discute, donde se reciben a saber qué visitas, etc.

Todos los elementos citados, al margen de la convivencia que haya en el hogar, quedarán indefectiblemente marcados en la casa. Y si efectuamos un repaso por algunos elementos de la vivienda, veremos que las persianas de las ventanas simbolizarán aquello que deseamos apartar de nuestra vista o que no queremos ver; las ventanas serán la forma en que nos asomamos a la vida y la manera que tenemos de enfrentarnos a los problemas. El suelo representa nuestra forma de caminar por el mundo, por la vida. Si nos fijamos en las viviendas, vemos que algunas tienen unos suelos muy cuidados, extremadamente limpios, pulcros y en perfecto estado, casi como el primer día. En cambio, en otras viviendas los suelos están rotos, sucios, rayados y no han sido conservados. El mimo que una persona pone por el suelo de su casa es equiparable al que aplica en su forma de proceder en la vida.

Los mencionados no son sino algunos de los parámetros que debemos considerar en una casa, y debemos tenerlos en cuenta porque todo ello es un poso energético del antiguo morador de la vivienda. Al comprar o alquilar una casa de segunda mano no queremos tener nada que ver con el antiguo propietario o inquilino, ni con sus problemas ni tampoco con su energía, por eso este ritual es ideal para empezar de cero.

Por supuesto, antes de dar paso al ritual, es aconsejable que tengamos la precaución de darle un buen vistazo a la casa, de manera de observar en qué estado se encuentra para proceder a realizar cuantas reparaciones o reformas sean precisas. Tengamos presente que las averías de los conductos de agua tienen una relación directa con las emociones y los sentimientos que han estado bloqueados, y las averías de electricidad suelen tener relación con la energía creativa que hay en nuestra vida. Otro de los aspectos que no debemos pasar por alto serán las persianas. Si no funcionan y no podemos cambiarlas, las extraeremos y las tiraremos. Repararemos y limpiaremos a fondo todos los cristales de las ventanas y pondremos también especial mimo en los pomos de las puertas, ya que contienen la energía de las manos de los antiguos moradores y de su forma de interactuar con los demás.

Sólo cuando la limpieza de toda la casa y la resolución de las reparaciones sean efectivas, podremos proceder a inaugurar la casa como realmente se merece. Recordemos la máxima: reparar todo lo que se pueda y aquello que, por el motivo que sea, no pueda ser sustituido, debe ser eliminado de la vivienda.

Hay otro aspecto a resaltar por lo que se refiere a los rituales inaugurales de una casa. Siempre debe llevarlos a cabo uno de los moradores, preferentemente aquel que la ha comprado. En el caso de que ello no sea posible, al menos debería estar presente en el transcurso del ritual.

Ingredientes
- Agua y un chorro de amoniaco.
- 4 litros de agua embotellada.
- 1 manojo de perejil fresco.

- 1 puñado de bicarbonato y otro de sal marina.
- 1 taza de vinagre de jerez.
- 1 taza de alcohol de 90 grados.
- 1 par de guantes de látex o plástico.

Procedimiento

1. Tras barrer, sacar el polvo y fregar con agua y amoníaco, si lo que queremos es «limpiar» el ambiente de energías negativas pondremos a hervir el agua con el perejil.
2. Transcurridos cinco minutos, apagaremos el fuego e incorporaremos los puñados de sal y bicarbonato, la taza de vinagre de jerez y la de alcohol.
3. Dejaremos entibiar y colaremos el resultado, derramándolo en un cubo. Tras ponernos unos guantes, fregaremos «a mano», escurriendo muy bien la bayeta, todas las superficies de la vivienda, haciendo hincapié en los muebles, si los hubiere, marcos de puertas y alfeizares de ventanas.
4. Dejaremos ventilar la casa durante medio día y ya podremos iniciar la limpieza tradicional a fondo.

Baño para encontrar empleo

Éste no será, desde luego, un baño cualquiera. Sabemos que con el baño nos purificamos y limpiamos toda esa energía que nos molesta, pero en este caso añadiremos, además, un coco, uno de los elementos sagrados y mágicos por excelencia.

El coco es una representación simbólica del universo en el que habitamos. De esta forma, cuando se recurre a él para rituales afectivos, el coco representa el mundo sentimental y sexual por el que discurre la vida del operador; otro tanto sucede en el tema económico. El coco que utilizaremos simbolizará todos y cada uno de los apartados en los que nos movemos en el ámbito económico.

El lector observará que para este ritual deberá utilizar un coco pelado y partido, pero antes de ello es conveniente que se retire a la zona de meditación con el coco en la mano y que proyecte en su interior la energía que representa su mundo laboral y económico. La forma de proceder será sencilla: debemos tomar el coco con ambas manos, cerrar los ojos y simplemente revisar mentalmente todo aquello que tenga que ver con el campo que nos ocupa. De esta manera, visualizaremos nuestro dinero, los bienes materiales que tenemos, las posesiones —desde el coche hasta una casa, un piso o un apartamento, incluyendo cualquier objeto que hayamos comprado y que tenga un valor especial o simbólico— y todo lo que tenga relación con el trabajo.

Es muy importante que la visualización sea armónica y positiva. Dicho de otro modo, es muy posible que al evocar determinados momentos de la vida laboral aparezcan recuerdos nefastos o poco gratos. Debemos convertirnos en observadores sin más y no permitir que dichos recuerdos nos atormenten o nos hagan perder la atención en el ejercicio.

A medida que vayamos evocando recuerdos sentiremos que la energía va trasladándose desde el centro de la mente hasta el plexo solar, pasando finalmente hasta los brazos y desde ellos al coco.

Por supuesto, hemos indicado que este ritual tiene por objeto que quien lo realice pueda encontrar empleo o mejorar el que ya tiene. Por eso, una vez hayamos terminado la visualización de nuestra historia laboral debemos proceder a imaginar la situación laboral que nos tocará vivir. Tenemos que pensar en el nombre de la empresa, en el de la persona con quien mantendremos la entrevista si es que lo sabemos, etc. Estas acciones nos serán de gran ayuda para que la energía canalizada en el coco después se materialice en el ritual.

Ingredientes

- 2 litros de agua.
- 1 puñado de verbena.
- 1 puñado de menta fresca.
- 1 coco sin cáscara cortado en 7 pedazos.
- El agua del coco.
- 1 palo de canela.
- 1 cuarzo transparente.
- 1 anillo de oro.
- 1 prenda interior blanca que utilizaremos siempre en nuestras entrevistas de trabajo.
- 1 ramillete de olivo.

Procedimiento

1. Pondremos a hervir en los dos litros de agua todos los ingredientes, incluidos el anillo, el cuarzo y la prenda interior.
2. Transcurridos dos minutos, retiraremos la prenda y la pondremos a secar al sol sin escurrir.
3. Colaremos el resto de los ingredientes y nos pondremos el anillo en un dedo, mientras que el cuarzo lo reservaremos.

Desnudos dentro de la bañera, tomaremos el ramillete de olivo y, mojándolo en la infusión elaborada con todos los ingredientes, lo pasaremos humedecido por todo el cuerpo, a excepción de la cabeza. Deberemos secarnos al aire y llevar en todas las entrevistas o pruebas de selección la prenda interior, el anillo y la piedra de cuarzo introducida en un bolso o bolsillo.

Collar rumano para atraer la felicidad

Rumania es tierra de gitanos, cíngaros y tradiciones ances-
trales. Lo cierto es que el ritual que nos ocupa tiene precisamente su origen en aquellas tribus nómadas de gitanos que,
procedentes de la lejana India, se fueron trasladando en dirección a Europa, dejando en su paso por los pueblos y culturas que encontraban un profundo poso mágico.

Este ritual tiene como objetivo encontrar la felicidad. Sin
embargo, nuevamente estamos ante un aspecto o una condi-
ción humana que es muy subjetiva, porque cada uno de nosotros será (o se sentirá) feliz de una forma y a través de unas
condiciones concretas. En este caso, se trata de que valore-
mos qué necesitaríamos para poder decir que somos felices
económicamente.

Como en otros casos, no debemos perdernos divagando
en objetivos poco claros. Lo aconsejable es que hagamos una
lista de todo aquello que representaría la felicidad para
nuestra vida, y que dicha lista quede aplicada a la hora de
formular las peticiones en el ritual.

De la misma forma que ya hemos advertido en otros
apartados, la lista no debe ser extremadamente general y
vaga porque entonces la magia perdería fuerza. Por ello, lo
recomendable es que una vez que tengamos la lista, confec-
cionemos una nueva lista con lo que consideramos priorita-
rio de la anterior y nos decantemos por una o dos cosas,
aquellas que son las más importantes o trascendentes.

Ingredientes
- 8 bellotas de encina.
- 8 castañas.
- 1 punzón.
- 8 gramos de maíz.
- 8 pipas de calabaza.

- 8 semillas de sandía.
- 1 recipiente de cristal lleno de agua mineral.
- 8 gotas de esencia de rosas.
- Hilo recio de algodón.
- 1 aguja gorda para coser punto o saco.
- 1 bolsa de raso roja.
- 1 fotografía reciente tamaño carné.

Procedimiento

1. Saldremos un domingo por la mañana al campo y recogeremos personalmente del árbol de la encina ocho bellotas.
2. Al llegar a casa las perforaremos por el centro con ayuda del punzón.
3. Tomaremos el resto de las semillas y las pondremos una hora en el recipiente de cristal con el agua y la esencia de rosas.
4. Pasado este tiempo las dejaremos secar al sol y, con la ayuda de la aguja enhebrada con el hilo de algodón, perforaremos las semillas y formaremos un collar combinándolas con las bellotas.
5. Introduciremos el collar en la bolsa de seda junto a nuestra fotografía y la dejaremos toda la noche reposando debajo de la almohada.

A la mañana siguiente, la bolsa ya estará preparada para llevarla siempre encima y acompañarnos también en las horas de descanso debajo del colchón.

Ritual para terminar con la competencia

Los expertos en temas financieros suelen afirmar que la competencia en realidad es siempre una motivación para alcanzar la superación de aquello que se hace. Para el consumidor, la competencia suele ser un sinónimo de una mayor oferta y de una esperanza de que las cosas puedan ser escogidas libremente. Sin embargo, la competencia no siempre es tan benéfica como se nos puede antojar a primera vista.

La competencia puede ser feroz y atroz, además de desleal. Desde luego, a la hora de establecer un negocio o de participar en él se supone que ya hemos llevado a cabo un estudio sobre lo óptimo que nos puede resultar y sobre los riesgos que comportará. Pero lo que no debemos pasar por alto es que o tenemos la genial idea no ya del siglo sino del milenio y nos convertimos en únicos, o tendremos que lidiar con la competencia.

El ritual que nos ocupa nos ayudará a mitigar los efluvios y la presencia de la competencia en nuestro negocio. Puede provocar que los clientes sean más receptivos a nuestros productos o a nuestro establecimiento que a otros del mismo ramo. Servirá también para darnos tranquilidad a la hora de emprender acciones para potenciar nuestro negocio.

Ingredientes
- 1 pañuelo de gasa azul.
- 1 vela negra.
- Nuestro perfume habitual.
- 1 recipiente redondo de cobre
- 8 hojas de hiedra bicolor.
- 8 cucharadas de alcohol de quemar.
- 1 chorro de vinagre de jerez.
- 1 piedra de hematites.
- 1 estilete o un abrecartas puntiagudo y de acero.
- 1 maceta con un cacto alto.
- 1 cucharadita de posos de café.

Procedimiento

1. Pondremos el pañuelo a modo de altar y, sobre él, la vela negra untada con nuestro perfume.
2. Frente a la vela, dispondremos el recipiente de cobre, y en su interior colocaremos las ocho hojas de hiedra cubiertas con el alcohol y el vinagre, coronando la magia con la lustrosa piedra de hematites.

El hematites es un mineral de hierro oxidado cuyos colores van del gris oscuro hasta el negro y tiene un hermoso brillo metálico.

3. Dejaremos la magia en inmersión hasta que se consuma la vela por completo.
4. Luego procederemos a secar las hojas con un pico del mismo pañuelo de gasa utilizado como altar, y con la punta del estilete grabaremos en cada una de ellas la figura de una estrella de seis puntas.
5. Compraremos una maceta que contenga un cacto de buen tamaño y enterraremos en su tierra el pañuelo en que habremos envuelto los restos de cera, las ocho hojas y la piedra de hematites. El cacto deberá permanecer siempre en el interior de la casa o local, y sobre él derramaremos cada viernes una gota de vinagre y una cucharadita de posos de café recién hecho.

Conjuro para aclarar las ideas

¿Qué inversión nos conviene más? ¿Es el momento adecuado para realizar una compra de cierta envergadura? ¿Debemos prestar dinero? ¿Cuándo deberíamos fomentar una inversión? La magia no entiende de artes adivinatorias, ya que estamos hablando de una especialidad diferente. A través de este conjuro no vamos a potenciar nuestra intuición o capacidad de videncia, pero sí vamos a poder clarificar hacia dónde debemos dirigirnos, algo sumamente importante y trascendente cuando hablamos de dinero.

Para responder a cualquiera de las preguntas que encabezan este ritual, la precipitación será mala consejera. Lo mejor es pormenorizar y enfrentarnos a cada caso desde una vertiente particular. Desde luego, como ya se ha advertido en otros rituales, no debemos llevar a cabo este acto para obtener fuerza en todas las decisiones que podamos tomar, sino que nos debemos centrar en una sola cosa.

El ritual que nos ocupa es un conjuro, y conjurar es invocar, transmitir o proyectar una fuerza mágica, ya sea a través de la fuerza de la voz, mediante una serie de gestos o con la actitud mental. Por todo ello, cuando realicemos este conjuro debemos concentrarnos con toda la fuerza que sea posible en lo que pretendemos obtener.

Ingredientes

- 1 paño de lino blanco.
- 3 velas amarillas.
- 3 velas blancas.
- 1 papel de estraza cuadrado, de 10 cm de lado.
- 1 vasito de cristal lleno de agua.

Procedimiento

1. En primer lugar, tras poner el paño de lino a modo de soporte de altar, dispondremos las tres velas blancas y amarillas alternando sus colores y formando un círculo.
2. En el centro del círculo depositaremos el papel de estraza, en el que habremos escrito el tema de duda, y lo cubriremos con la pulpa machacada de cuatro nueces.

131

El papel de estraza es un papel basto y áspero que se elabora sin cola y sin blanquear, y que podemos encontrar en cualquier papelería bien surtida.

3. Encenderemos las velas y derramaremos encima del papel 10 gotas de cera de cada una.
4. Realizaremos la pregunta en voz alta y de nuevo volveremos a derramar otras 10 gotas más de cera de todas las velas.
5. Nos concentraremos y permaneceremos reflexionando durante quince minutos, cuidando mucho de respirar acompasadamente.
6. Nos dormiremos alumbrados por las seis velas y, al día siguiente, guardaremos todos los elementos de la magia, envueltos en el paño de lino, y los depositaremos en el interior de un mueble apartado de las miradas ajenas.

Hechizo para obtener un préstamo

Conseguir más dinero es posible gracias a las entidades financieras. Sin embargo, puede suceder que nuestra situación económica no les resulte demasiado grata y entonces veamos con tristeza cómo nos niegan un préstamo. Nuevamente debemos ser prudentes a la hora de efectuar una petición. Debemos mantener la coherencia en las acciones que hagamos. No por mucho que estemos llevando a cabo un ritual vamos a lograr que el banco nos regale el dinero alegremente.

Debemos ser coherentes y determinar exactamente qué cantidad precisamos que nos presten. A partir de ahí, para que la magia sea más efectiva, debemos acudir a diferentes entidades con las que tengamos relaciones y, al margen de observar en cuál de ellas nos ofrecen mejores condiciones, tenemos que fijarnos en la persona que habla con nosotros en la entidad. Dado que seguramente será esa persona quien nos tramitará el préstamo cuando lo solicitemos, debemos conseguir el máximo de información de él o ella. Lo aconsejable es que intentemos memorizar su rostro y conocer su nombre y sus dos apellidos; y lo optimo sería, además, disponer de una tarjeta personal suya.

Con toda la documentación de las diferentes entidades y personas, estudiaremos primero cuáles nos ofrecen las mejores condiciones y después, en nuestro templo, procederemos a visualizar el rostro de cada una de las personas, al tiempo que recitamos su nombre y sus apellidos en voz alta.

Debemos hacer este ejercicio con suma tranquilidad y sin objetivos previos. El objetivo es que nuestra mente, en sintonía con la energía del Cosmos, nos diga o nos encamine hacia la entidad o persona más adecuada. Puede suceder que tengamos una impresión contradictoria y que nuestra mente nos aconseje, ya sea a través de una sensación o imagen mental, a una entidad bancaria pero no a una persona. De ser así, debemos entender que el Cosmos nos recomienda que realicemos la petición del préstamo a dicha institución pero que busquemos otra persona para realizar los trámites y negociaciones.

Ingredientes
- 1 pieza de cristal y plata.
- 1 pieza de oro.
- Sal y azúcar molidos (un molinillo de café puede servir).
- 1 tarjeta de la empresa o de la persona peticionaria, muy desmenuzada.
- Billetes de curso legal.
- 1 billetero o monedero de piel.

Procedimiento

1. Esperaremos un día en que la luna sea llena y, al ano-checer, pondremos en el interior del salero una pe-queña pieza de oro, a la que cubriremos con un poco de la mezcla de sal y azúcar.

2. Después escribiremos detrás de una tarjeta personal o de la empresa (en caso de que el préstamo sea para ésta), la cantidad que deseamos recibir. Apuntaremos la cifra en números y luego en letras mayúsculas.

3. Desmenuzaremos lo máximo posible la tarjeta hasta casi reducirla a polvo. La introduciremos también en el interior del salero y cubriremos todo nuevamente con la mezcla de azúcar y sal.

4. Cubriremos el salero con billetes de curso legal y lo de-jaremos descansando en el cajón donde guardamos los documentos bancarios.

5. Al día siguiente, antes de las ocho de la mañana, es-polvorearemos la mezcla contenida en el salero en la puerta del negocio o de la vivienda, dibujando en el suelo o bajo la alfombra un triángulo con una estrella de cinco puntas en la cúspide.

6. Si queremos reforzar la magia, mientras dura todo el proceso colocaremos delante de una ventana abierta de par en par u oculto en un escaparate, un billetero o monedero abierto, boca arriba y vacío.

Ritual para acelerar la firma de documentos

Los documentos son los elementos que nos sirven para for-malizar una situación, para darle una validez jurídica y le-gal. Por lo tanto, al margen de ser un testimonio que da fe de aquello que hemos realizado, se convierten también en una interesante arma mágica que debemos conservar, puesto que quizá algún día podamos usarlos como testigos de otro ritual. Por ejemplo, si el documento es un contrato de alquiler y en el futuro deseamos que nos lo renueven, deberemos utilizarlo como parte integrante del ritual. Otro tanto sucederá con una hoja de salario o contrato laboral.

Dejando al margen lo mencionado, este ritual nos será de gran ayuda para lograr acelerar los procesos siempre complejos y a veces interminables derivados de la firma de los contratos.

Ingredientes

- 1 fotocopia del documento en cuestión.
- 1 cazuela de barro con tapa.
- Azúcar lustre (molido).
- 5 hojas de laurel y cinco de olivo cortadas en pedacitos.
- 5 aceitunas verdes y cinco negras trituradas.
- 1 velón rojo.
- Aceite de linaza.
- 1 saco de esparto.

Procedimiento

1. Siempre en luna creciente y preferentemente en domingo, pondremos una fotocopia del documento cuya firma deseamos que se agilice dentro de una cazuela de barro.
2. Encima del documento espolvorearemos el azúcar, las hojas de laurel y olivo cortadas en pedazos, y las aceitunas blancas y negras trituradas.

En este caso, para triturar las aceitunas nos serviremos de nuestros propios dientes, es decir, nos pondremos las aceitunas de una en una en el interior de la boca, desecharemos el hueso y tras masticar la pulpa la escupiremos sobre la fotocopia del documento y las hojas de árbol.

3. En el centro de la olla y encima de todo lo indicado, insertaremos el velón rojo, que previamente habremos untado con el aceite de linaza siguiendo la dirección de la base hasta la mecha.
4. Dejaremos encendido el velón durante dos horas diarias hasta que se consuma por completo. Cuando esto suceda, enterraremos todo el conjunto introducido en el saco de esparto a los pies de una encina o, en su defecto, de un árbol recio de buen tamaño.

Ritual para frenar gastos imprevistos

A veces, como sugerimos a la hora de realizar este ritual, es preciso congelar el gasto. Una cosa es poder realizar una previsión de pagos o de aquellos importes a los que deberemos hacer frente de manera ineludible, y otra es que, como si fuera por arte de magia, los gastos que no tenemos en absoluto contemplados se multipliquen ante nuestros ojos.

El ritual que nos ocupa no evitará la posible desorganización administrativa y financiera del lector, si es que éste la tiene, pero sí creará un campo de energía armónico para controlar en qué gastamos el dinero. Al mismo tiempo, generará una vibración positiva en nuestro entorno, disipando la posibilidad de averías, roturas, pérdidas, robos y de todo aquello que pueda suponer tener que afrontar un gasto imprevisto.

Ingredientes
- Billetes de banco de curso legal.
- 8 monedas doradas también de curso legal.
- 2 pieles de plátano.
- Papel de plástico de cocina transparente.
- Papel de aluminio.

Procedimiento

1. Para empezar, fotocopiaremos en un folio, por ambas caras, tantos billetes de banco como quepan en el mismo.

2. Enrollaremos la fotocopia como un tubo y, en su interior, pondremos ocho monedas doradas de curso legal. Cerraremos el tubo haciendo un pequeño pliegue en cada extremo.

3. Tomaremos dos pieles de plátano y escribiremos en ellas, con la uña del pulgar, nuestro nombre y, si vivimos en familia, los componentes de la casa.

4. Cubriremos con ambas pieles el rollo hecho con la fotocopia y lo envolveremos todo (fotocopia enrollada, monedas y pieles de plátano) con papel trasparente de cocina formando un apretado tubo.

5. Depositaremos la magia en el congelador y la renovaremos cada primer jueves de mes, tirando la vieja, envuelta en aluminio, en un contenedor lo más cercano posible a la puerta de la casa.

Objetos e instrumentos de poder

> *«Cuatro cosas no pueden ser escondidas*
> *durante largo tiempo: la ciencia, la estupidez,*
> *la riqueza y la pobreza.»*
> AVERROES

> *«Eso de que el dinero no da la felicidad son*
> *voces que hacen correr los ricos para que*
> *no los envidien demasiado los pobres.»*
> JACINTO BENAVENTE

A lo largo de los capítulos precedentes hemos tenido la oportunidad de conocer algunos elementos que son de gran utilidad cuando intervienen en los rituales de la magia del dinero. Pero como suele suceder, un utensilio u objeto no tiene un solo uso sino varios y, por extensión, podemos sacar muchísimo partido de él si sabemos cómo usarlo adecuadamente. Veremos seguidamente algunos objetos considerados de poder y cómo hacer que «trabajen» para nosotros desde una perspectiva mágica y económica.

Pirámides: la fuerza de la energía

La fuerza de los objetos piramidales está fuera de toda duda. Estos elementos se utilizan no sólo en las artes mágicas (ya sea para potenciar, favorecer o mitigar un efluvio mágico), sino que tienen, además, un sinfín de aplicaciones en el campo de lo esotérico y parapsíquico. Al margen de las indicaciones sobre las pirámides hechas en este libro, consideramos que es interesante que el lector sepa que puede recurrir a estos instrumentos de poder para trabajar casi todo tipo de situaciones vinculadas con la economía y el azar.

Existen diferentes clases de pirámides. En las tiendas especializadas encontraremos pirámides que han sido fabricadas prácticamente con todo tipo de materiales.

Pirámides de madera

Las hay huecas y macizas, pero lo más importantes es que las maderas con que hayan sido elaboradas sean nobles, jamás de conglomerado o maderas tratadas químicamente con tintes o pinturas.

Las maderas precisas y útiles para la práctica de la llamada piramidología esotérica o magia piramidal son las de pino, roble o sauce. Salvo casos especiales, evitaremos pintarlas o barnizarlas; antes de hacerlo, siempre debemos considerar la posibilidad de trabajar con ellas aplicándoles telas o cartulinas de diferentes colores como indicamos más adelante.

La limpieza y conservación de estas pirámides deben ser estrictas; no en vano, las utilizamos para trabajar con ellas temas energéticos. Su limpieza y cuidado será con paños secos y, en el caso de tener que mojarlas, procuraremos humedecerlas ligeramente sólo con agua, no usando nunca productos químicos y, por supuesto, las dejaremos secar al sol.

Las pirámides de madera son perfectas para trabajar todo tipo de temas que tengan relación con el mundo laboral, como por ejemplo potenciar la fuerza de un currículo de manera que el nuestro pueda ser seleccionado antes que otros, o para mejorar las condiciones del contrato, para lo cual deberíamos situarlo bajo la pirámide. Podemos utilizarlas también para otros temas vinculados con la empresa, como viajes de negocios, establecimiento de nuevas sociedades o búsqueda de socios, así como para lograr la correcta inspiración en los temas derivados de las inversiones.

Pirámides metálicas

Las más aconsejables serán las pirámides de acero inoxidable o aluminio, procurando que no sean pintadas ni contengan remaches o anclajes de plástico. Como sucede en el caso de las de madera, podremos trabajar de forma adicional con ellas colocándoles una tela o cartulina de color encima para así darles la intención que buscamos y lograr una fuerza cromática determinada.

Este tipo de pirámide transmitirá bastante bien la energía; sin embargo, si nos lo podemos permitir, debemos utilizar las de metales más nobles como oro o plata, que son mucho más sensibles a la transmisión energética.

Su limpieza siempre debe ser en seco, con la ayuda de un paño. En el caso de la plata podemos añadir bicarbonato al paño, ya que al frotar la pirámide con la tela adquiere más brillo. Otra recomendación para la conservación de las pirámides de metal noble es dejarlas al sol por lo menos un par de horas a la semana.

Podemos utilizar las pirámides de metal para casi todo tipo de cuestiones económicas, como por ejemplo lograr mejores ahorros, alejar de nuestra vida los gastos innecesarios, potenciar el cobro de deudas, etc.

Pirámides de cera o resina

Las pirámides de cera tienen la ventaja añadida de que, al ser una vela además de una pirámide, nos pueden facilitar mucho el trabajo de cara a realizar un ceremonial mágico. Las pirámides mágicas pueden ser tanto huecas como macizas.

Los colores que nos ayudan

Por lo que se refiere a los temas económicos, será el color de la vela el que realmente determine cuál será su utilización principal.

La pirámide ya es de por sí un canalizador energético, pero podemos potenciar mucho más su fuerza con la ayuda de un color determinado. Algunas personas pintan sus pirámides (ya hemos comentado que no es lo más recomendable), otras prefieren decantarse por cubrirlas con cera de diferentes tonalidades, y hay quien, en función del trabajo, cubre su pirámide con pedazos de cartulina o tela. A continuación veremos los resultados que podemos lograr con nuestras pirámides y el uso de los colores.

Pirámide en rojo

Potencia la intensidad de sentimientos y la energía vital, nos dará más ganas de trabajar y posiblemente nos favorecerá para que tengamos un espíritu más aguerrido y vital. Nos situará en una posición de poder y ventaja con respecto a terceras personas, nos desinhibirá de cara a reclamar impagados o a concretar negociaciones.

Pirámide en naranja

Produce energía y fortaleza física. Nos inspira valor y nos estimula para actuar, pero siempre desde una perspectiva creativa y negociadora. Permite el desarrollo de la diplomacia y la amabilidad, condiciones indispensables para el trato con clientes y proveedores y también para las negociaciones con la empresa.

Pirámide en amarillo

Genera inspiración intelectual, por lo que es perfecta para desarrollar nuevas ideas, para la generación de nuevos proyectos económicos y para la planificación de estrategias. En general, ayudará a la persuasión. Podemos trabajar con ella en los juegos de azar.

Pirámide en verde

Equilibra y armoniza todas las situaciones, por eso se convierte en una perfecta aliada si nuestras emociones están alteradas por culpa de una crisis económica. Favorece la fertilidad, lo que la hace útil para trabajar las inversiones de riesgo, para multiplicar nuestros rendimientos en las sociedades y asociaciones.

Pirámide en azul

Provoca paz y alienta a deshacer los conflictos y llevarlos por el camino del diálogo. Genera tranquilidad, entendimiento, paciencia y sinceridad. Es el color ideal para reorganizar las ideas tras una crisis financiera o económica. Es un color muy interesante si lo que pretendemos es fomentar el ahorro pero adolecemos de la paciencia y la voluntad.

Pirámide en negro

Se convertirá en protectora y ralentizadora a la vez. Es el tono ideal para menguar situaciones, para restar poder a los enemigos o incluso para realizar trabajos de limpieza psíquica, ya que puede condensar la negatividad.

Dado que tiene la capacidad de protegernos y ralentizar las cosas nefastas, el uso de este color unido a la energía de la pirámide nos sitúa en una posición de poder para resguardar las inversiones de riesgo, y para cuidar el hogar y el dinero de los robos o estafas. Por supuesto, será de gran ayuda si lo que deseamos es eliminar cualquier tipo de riesgo de situación.

Pirámide en blanco

Genera buenas vibraciones, armonía y solidaridad. Será un color ideal para potenciar todo tipo de trabajos de índole emocional, como mitigar los celos o la envidia, o reforzar la capacidad de merecimiento. En síntesis, deberíamos usarlo cada vez que pretendamos ofrecer nuestra ayuda a los demás.

Al margen del uso de los colores, a continuación ofrecemos al lector la posibilidad de llevar a cabo un par de ejercicios con pirámides que pueden ser muy interesantes.

Remedio piramidal para tentar la suerte

1. Colocaremos el boleto de lotería sobre una superficie limpia y a la que le dé el sol.
2. Cortaremos un poco de perejil y la situaremos sobre el boleto.

El perejil es una planta que, entre otras muchas virtudes, tiene la facultad de favorecer los imposibles.

3. Pondremos sobre el conjunto la pirámide y la cubriremos con tela, cera o cartulina de color naranja. En

la posición norte situaremos una vela amarilla que prenderemos con una cerilla de madera.

4. Nos sentaremos junto a la pirámide y realizaremos la petición en voz alta. Visualizaremos el boleto rodeado de energía de color amarillo.

Ritual piramidal para las negociaciones laborales

1. Colocaremos sobre un papel de aluminio una fotografía (lo más reciente posible) y pondremos encima una pirámide de cera de color naranja.
2. Centraremos la atención de nuestra mente en la empresa, en el trabajo que habitualmente realizamos y, más concretamente, en la reunión que vamos a tener.
3. Encenderemos la vela piramidal mientras seguimos meditando acerca de la reunión. Al tiempo que la vela arde debemos pensar que la acción realizada nos dará suerte en las negociaciones y nos ayudará a lograr los objetivos.
4. Cuando la vela se haya consumido envolveremos sus restos y la fotografía con el papel de aluminio, y lo llevaremos con nosotros el día de la reunión.

Golem protector del hogar

En muchos pueblos del norte de Europa existe la creencia de que existe un vigilante o protector del hogar al que, además de solicitarle que vele por que nada perturbe la casa, también se le puede pedir que trabaje para nosotros desde un punto de vista económico y mágico.

El golem doméstico es un pequeño muñeco que, en general, está realizado en un tronco al que se le da forma humana. Pero también es factible recurrir al barro para crear un pequeño ídolo que haga las funciones de golem, estático, eso sí, aunque de gran efectividad si lo mimamos como se merece.

El golem es una figura con forma humanoide y debe moldearse a mano por una persona que habite la casa en la que luego será alojada la figura. Dicho ídolo debe tener apariencia humana pero sexo indeterminado. Una vez que se ha moldeado, se recubre con aceite de oliva, perfumado con esencias naturales, y se le incorpora algún elemento que lo defina como partícipe de la familia en la que se alojará. Por ello es recomendable que en su interior contenga un mechón de cabello de cada uno de los habitantes de la casa, además de alguna joya o pieza de oro.

Una vez que el lector haya confeccionado dicha figura deberá darle un nombre que sólo su constructor deberá conocer, ya que empleará ese nombre para efectuarle peticiones y dirigirse a él en la intimidad. Por supuesto, la criatura mágica precisará de algunos cuidados esotéricos. Es aconsejable que su poseedor lo deposite en el templo a una hora de luz solar, y que lo ubique en el altar rodeado de velas de color negro y blanco colocadas de forma alternada. De esta manera, el golem limpiará todo tipo de energía negativa que pueda haber absorbido y recargará sus fuerzas de energía positiva.

El golem doméstico debe colocarse preferentemente en el recibidor del hogar, aunque un buen lugar para situarlo también será el salón o centro neurálgico de la casa. Veamos algunas aplicaciones interesantes:

1. *Para que proteja la casa:* debemos situarlo en el recibidor, de manera que lo que sería la cara de la criatura siempre esté mirando en dirección a la puerta de entrada.

2. *Para que nos ayude en un proyecto económico:* debemos colocar debajo de él un billete de curso legal y de un papel en el que habremos escrito la idea o proyecto que esperamos realizar.
3. *Para cobrar deudas:* pondremos, envuelto en dos billetes de curso legal, el resguardo de aquello que prestamos y un papel de pergamino en el que habremos escrito el nombre de nuestro deudor.
4. *Para tentar la suerte:* colocaremos bajo el golem el boleto de apuesta.

La fuerza de los cuencos

Los cuencos tibetanos son, teóricamente, instrumentos musicales que nos ayudan a potenciar la relajación. Pero, como ya hemos dicho, también pueden ser muy útiles para la disipación de las energías hostiles del hogar. Al margen de lo mencionado, una de las aplicaciones más interesantes de este instrumento es que puede utilizarse para desbloquear nuestra energía, logrando un tono vital más intenso.

Tener la energía bloqueada y pretender tener éxito en los temas económicos es, desde luego, algo bastante quimérico. Cuando nuestra energía se bloquea tenemos dificultad para pensar o programar actividades. Lo vemos todo igual y no somos capaces de discernir con claridad qué opciones pueden ser las más interesantes. Veremos, entonces, cómo, con la ayuda de un simple pero efectivo cuenco, podemos lograr desbloquear nuestra energía de una forma muy efectiva.

Para que la energía corporal se desbloquee, acudiremos al templo y nos situaremos en la zona central, sentados en el suelo sobre una alfombra, y procederemos de la siguiente forma:

147

1. Colocaremos el cuenco sobre la cabeza, cerraremos los ojos y respiraremos profundamente durante un par de minutos. Transcurrido ese tiempo, centraremos toda la atención en la parte superior de la cabeza, allí donde está el cuenco.
2. Intentando no perder la concentración, daremos un ligero golpe al instrumento. Cuando suene notaremos su vibración y nos concentraremos en pensar que fluye a través de toda la columna vertebral.
3. Una vez que hayamos dado tres golpes sintiendo el efecto deslizante del sonido, pensaremos en liberar toda carga de energía negativa.
4. Daremos un nuevo golpe sintiendo que todo nuestro cuerpo se expande con la vibración.
5. Acabaremos la práctica retirando el cuenco de la cabeza y tumbándonos durante un par de minutos, en los que permaneceremos relajados.

Podemos realizar este ejercicio cada vez que una situación nos disguste, y, como preventivo, una vez por semana. Deberíamos llevarlo a cabo, además, siempre que tengamos la sospecha de que puede producirse algún problema derivado del dinero o de las inversiones. De este modo tendremos la garantía de que nuestra energía estará preparada y en óptimo estado para enfrentarnos a aquello que está por llegar.

Dejando a un lado el ejercicio anterior, hay otro que puede resultar muy interesante de llevar a cabo siempre que necesitemos relajarnos y tener más claridad de ideas. También será útil realizarlo cuando estemos enfrascados en un proyecto que el paso de los días parece enturbiar con el consiguiente incremento de las dudas y preocupaciones.

Es evidente que los cuencos no pueden fabricar agua, pero sí retenerla mientras están vibrando. El agua del cuenco puede resultar muy benéfica para relajar el cuerpo, puede lograr que nos sintamos mejor y, en momentos de gran tensión, nos facilitará el descanso.

Si tenemos problemas de sueño o inquietud durante la noche, debemos llenar la mitad del cuenco con agua (corriente o embotellada). Acto seguido, efectuaremos varios giros sobre la boca del cuenco para que suene, y el sonido cargará el agua de vibración. Esta agua será la que beberemos justo antes de acostarnos. Al hacerlo tomaremos conciencia de que el líquido ha sido preparado para ayudarnos a descansar mejor.

Por supuesto, para realizar este ejercicio el cuenco debe estar perfectamente limpio e higienizado.

Otros elementos que pueden ser de gran ayuda

Al margen de los elementos citados, hay otro buen número de ellos que, por su sencillez, no parecen tener una gran relevancia y que, en cambio, pueden convertirse en los perfectos aliados si queremos llevar a cabo unas actividades mágicas rápidas pero muy efectivas.

Muérdago contra el engaño

Es una planta sagrada en muchas tradiciones del centro y norte de Europa. Los druidas, magos y sacerdotes de los pueblos celtas veían en él la salvación y el remedio para prácticamente todo tipo de situaciones adversas, y también para las derivadas del poder económico.

Según la tradición mágica, el muérdago suele colocarse bocabajo detrás de la puerta de entrada de la casa o de la habitación a proteger. Sólo puede usarse un ramillete al año. Cuando el viejo es sustituido por el nuevo, debe ser enterrado en un jardín o bosque cercano.

Para utilizarlo con fines monetarios debemos atar al ramillete una pieza de oro que usemos con una cierta frecuencia. Puede ser un anillo, cadena o gargantilla, pero debe tener nuestra imprimación energética. Debemos colocar el ramillete de muérdago tras la puerta de entrada del despacho u oficina y, en el caso de que deseemos utilizarlo para nuestra casa, procuraremos ubicarlo tras la puerta de la habitación en la que tenemos guardado el dinero y las cuentas bancarias.

Cada vez que tengamos que abordar un tema monetario, como por ejemplo realizar una compra, una venta o incluso negociar una deuda, y no queramos ser engañados o estar en desventaja, tocaremos el muérdago tres veces con los dedos corazón e índice de la mano izquierda.

Los poderosos saquitos con hierbas

Algunas hierbas unidas al oro o a las joyas adquieren una dimensión especial en lo que se refiere al dinero. Si queremos que la suerte nos acompañe debemos preparar, en una tela de terciopelo dorada o amarilla, una mezcla de hierbas realizada con vainilla, manzanilla, ajenjo y jengibre. Añadiremos siete bolitas de resina e incorporaremos una joya. Depositaremos esta bolsita en el interior de un armario para que su fragancia y poder energético impregnen nuestras prendas y con ellas a nuestra persona cuando nos las pongamos.

Los budas de la suerte y la fortuna

Aseguran los expertos en tradiciones mágicas y esotéricas que en todas las casas debería haber un Buda, eso sí, preferentemente de plato. La costumbre exige tocarles el ombligo antes de efectuarles una petición. En general, dan armonía y buena suerte en la casa, pero si frotamos sobre su barriga los billetes con los que luego haremos compras, éstas podrán ser más efectivas.

Para tentar la suerte es aconsejable no sólo frotar el billete o apuesta por la barriga del Buda, sino también que lo dejemos depositado bajo él al menos durante unas 24 horas.

Cuernos de animal

No estaría de más disponer de ellos en el templo, aunque pueden situarse en cualquier lugar de la casa. Según la tradición mágica, sirven cuernos de cualquier tipo de animal, y se usan para potenciar la energía y vitalidad de su poseedor.

Elefantes de la abundancia

Según la tradición popular, las figuras de estos animales, preferentemente aquellas que han sido confeccionadas con maderas nobles o con metales preciosos o marfil, son portadoras de abundancia.

Si queremos que nos den suerte y dinero, es decir, oro material, debemos recurrir a las que tienen la trompa erguida. En cambio, si lo que pretendemos lograr es la abundancia y el oro espiritual, utilizaremos a los elefantes de trompa baja o caída. Tanto para uno como para otro caso, debemos situar las figuras de los elefantes en el recibidor de la casa o bien sobre la mesa del despacho, eso sí, con su cabeza orientada en dirección a la puerta de entrada de la estancia u hogar.

Magos y dragones para la buena suerte

Como casi cualquier figura mitológica, tanto los magos como los dragones suelen usarse para llamar a la buena suerte en general y a la procedente de los juegos de azar en particular. Las figuras de magos deben situarse preferentemente en el salón de la casa o en el lugar donde se efectúen reuniones.

Crucifijos

Con independencia de la creencia litúrgica, son benéficos para el fluido energético en general. Es recomendable que estén en lugares de paso, como recibidores o pasillos. No son herramientas apropiadas para obtener beneficios materiales aunque sí que nos pueden ofrecer todo su poder en cuestiones espirituales.

Piedras o gemas

Casi todas ayudan a vivificar los ambientes y darles buenas vibraciones. Lo ideal es desestimar las piedras comercializadas y encontrar una propia en un bosque, río o yacimiento. Las piedras de río son muy prácticas para lograr la fluidez del dinero. Siempre que podamos, recogeremos dos o tres piedras de río y las llevaremos a nuestra casa. Allí las colocaremos en un plato de cristal y las cubriremos de monedas doradas para que nos den suerte y dinero.

Índice